# Владарг Дельбат

# СПАСЕНИЕ

## КРИТЕРИЙ РАЗУМНОСТИ — 4

**2024**

Book Cover by **StudioGradient**

Edited by **Elya Trofimova & Ir Rinen**

Художник **StudioGradient**

Редакторы **Эля Трофимова & Ир Ринен**

# Глава первая. Маша

Солнышко какое сегодня теплое! Первый день лета, которое на Гармонии длится чуть ли не полгода, как всегда радует меня. Я плохо к зиме отношусь, потому что не люблю, когда холодно, нос мерзнет несмотря ни на какие шубы. Но сегодня очень приятно, хоть и не жарко, а я уже в летнем платье.

— На этом мы с вами на сегодня заканчиваем, — произносит Ниу Станиславовна, отпуская нас.

— Ура! — не сдерживаюсь я, вызывая добрую улыбку учительницы. — Танька!

— Отобус? — интересуется подруга, на что я киваю.

Я очень рада окончанию урока, потому что История Человечества — сильно невеселый предмет. Сегодня мы проходили один из периодов

Темных Веков, страшный, как и все Темные Века... После этого урока очень хочется плакать, но без прошлого нет будущего, и, чтобы понимать, почему мы живем так, а не иначе, нужно знать Историю.

Схватив подругу за руку, я бегом направляюсь к отобусу, что унесет нас обеих домой. У нас дома рядом совсем, поэтому мы часто друг к другу в гости ходим. Достаточно сенсор нажать — и переходная галерея готова. Бросив взгляд на коммуникатор, замечаю отметку о том, что мне необходимо пройти контроль здоровья. Умный прибор постоянно фиксирует мое состояние, а раз в год нас еще и живые доктора проверяют, потому что дети превыше всего, а любую болезнь легче предупредить. Универсальная вакцина от болезней предохраняет, поэтому такой контроль у нас — просто дань старой инструкции, которые, как папочка говорит, кровью написаны.

Братик из своей Академии только к вечеру вернется, он у меня пилотом звездолета будет, а кем я буду, еще не знаю, потому что мне восемь всего. Надо мамочке передать, что меня на контроль зовут, а до госпиталя я могу и сама добраться — не маленькая уже. Очень мне нравится все самой делать, и родители мне это позволяют, только брат беспокоится. Сережа у

Владарг Дельсат

меня самый лучший, заботливый, внимательный, и я его, конечно же, сильно люблю.

До вечера еще далеко, поэтому можно и в госпиталь слетать — или просто до доктора ближайшего? Контроль это довольно быстро, поэтому, наверное, можно и не тащиться на орбиту в госпиталь Флота. Надо хорошенько обдумать этот вопрос, а пока домой.

— Завтра контрольная по географии, не забыла? — напоминает мне Танька.

— У-у-у-у... — жалобно, как мне кажется, отвечаю я ей, на что подруга хихикает.

На Гармонии, да и на любой другой планете Человечества, ничего с ребенком случиться не может, поэтому мы, дети, вполне способны передвигаться сами. Вот и сейчас отобус опускается на площадку, протягивая галереи к нашим домам. Я прощаюсь с Танькой и вприпрыжку бегу домой, надеясь на то, что мама дома. Она у меня один из сильнейших интуитов Человечества, а папа во Флоте вице-адмиралом работает, он большой начальник.

Интуиты — это разумные, обладающие особым даром. Анализируя информацию, они способны почувствовать правильный ответ. Жалко, что в отношении себя и близких это не работает, но тут ничего не поделаешь. У меня этого дара вроде бы нет, но я не огорчаюсь, потому что нечего тут огорчаться. Вон братик грустит оттого, что он слабый интуит, но, по-моему, зря.

— Мамочка, я дома! — весело кричу я, сразу же запрыгивая на своего родного человека. Ну и что, что я большая уже?

— Здравствуй, егоза, — улыбается мне мама. — Как в школе?

— История хнык, — сообщаю я ей, пробираясь на кухню, и, увидев, что у нас на обед, радостно визжу: пельмени.

Мамочка у нас не доверяет синтезатору, она готовит сама, и часто древние блюда, но просто божественно, по-моему. Поэтому я уже скачу мыть руки, чтобы усесться за стол. Пельмешечки мои любимые, со сметанкой, красивые, вкуснющие просто, потому что мамочка не умеет невкусно готовить. Вот она улыбается, глядя на мои приготовления, потому что отлично знает, как мы любим то, что она стряпает.

— Мамочка, спасибо! — не забываю я поблагодарить ее. — Просто большое-пребольшое!

— Ешь уже, приятного аппетита, — мама смеется, глядя на то, как я приступаю к трапезе. Ум-ум-ум, просто удовольствие.

Пока я наслаждаюсь едой, мама рассказывает последние новости, которых немного. Ей сейчас

Владарг Дельсат

надо будет улететь, а это значит, что у меня часа три ничегонеделанья, то есть вполне можно и до доктора добраться, а вечером географию повторю, чтобы завтра не получилось сюрпризов. Да, пожалуй, так и сделаю.

— Пока, мамочка, — киваю я ей. — Хорошего поиска!

Понятно, зачем интуита на работу зовут, оттого и пожелание такое. Мамочка уходит, я же, не отрываясь от еды, запрашиваю коммуникатор на тему ближайшего врача. Ответ получаю через секунду, удивившись. Не то, что ответ быстро получен, удивляет, а сама личность доктора — почему-то я раньше о нем не слышала. Новенький, что ли? Любопы-ы-ытно!

А пока я доедаю, вспоминая, что у меня завтра кроме географии. По-моему, больше ничего, поэтому можно спокойно смотаться на отобусе одну остановку до доктора, по-быстрому все закончить и вернуться домой. Или сначала экран посмотреть? Ну я ребенок же, отчего бы и не посмотреть? Танька говорила, новый фильм появился, как раз о Темных Веках, которые мы сейчас проходим.

Жуткое тогда время было, просто непредставимое. Детей могли мучить и убивать, а еще были такие нелюди, желавшие уничтожить людей. Сегодня вот нам рассказали, что в Темных Веках родители для чего-то били собственных детей! Оголяли сидячее место и лупили по нему всякими предметами! И еще оправдывали свою жестокость тем, что так лучше для ребенка… Невозможно поверить просто. Понятно, почему Человечество ушло с Прародины, кто ж такое выдержит. Я лишь на мгновение представила, как моя добрая, любимая мамочка начинает меня с улыбкой… Чуть на месте не умерла. У всех браслеты желтым цветом горели, потому что дети превыше всего, им нельзя делать больно вот с такими вот целями.

История Человечества изобилует страшными моментами: убийствами, пытками, еще чем-то, но люди в какой-то момент одумались и ушли к Звездам, чтобы стать разумными. Ни одно разумное существо не желает боли ближнему, не дикие мы, чай. Но чтобы осознать дальнейшие Эпохи, мы должны знать историю дремучей древности. Так наша учительница говорит, и я с этим полностью согласна.

Нет, пожалуй, слетаю-ка я прямо сейчас, а экран потом посмотрю, потому что сначала дело, так папа говорит. Вот и закончу с делами…

Владарг Дельсат

Вечером сидим все за столом, а меня что-то беспокоит, причем я не могу сходу сформулировать, что именно. Рядом брат, Сережа, улыбается мне ласково, потому что любимый братик, хоть иногда мы можем и поцапаться, но это ненадолго, ведь мы одна семья.

— А потом Ли и говорит, — рассказывает Сережа, — давай срежем!

— А ты что? — интересуется папа, уже точно знающий всю историю.

— А я что, я ему сначала напомнил об инструкции... — тянет братик, и мне становится все ясно.

— Угу, а потом диспетчер чуть не поседел, — хмыкает наш папочка. — Вы как навигатор отключили?

— Мы его уговорили, — признается Сережа, и тут хихикаю даже я.

Уговорить навигатор — из разряда фантастики, потому братика и не наказали, наверное, — надо понять, как они с другом это сделали, ну и исключить такую возможность в дальнейшем. Поэтому, видимо, будут изменены инструкции, в том числе и самих навигаторов, а Сережа, что называется, «проскочил».

Вечером мы сидим за экраном все вместе, это наша традиция, мы фильм смотрим из старых, и опять у меня какое-то беспокоящее ощущение, только не могу понять, какое. Фильм, кстати, интересный — о том, как в древности детей послали к звездам на досветовом корабле. То есть движущимся со скоростью, приближенной к скорости света, причем сравнительно недалеко послали. Насколько я помню, в Первую Эпоху такие корабли были, но это только у Сережи уточнять.

— У вас сейчас История Древности? — интересуется у меня брат.

— Темных Веков, — тяжело вздыхаю я.

— Мама, Маше надо успокоительное на ночь, — сразу же реагирует он. — Кошмары могут быть.

— По себе судит сын, — замечает папа, кивнув Сереже. — Имеет смысл, ибо Человечество прозябало в дикости, разума не имея. Такое может и кошмары устроить.

У всех после уроков Истории кошмары бывают, поэтому родителей обычно предупреждают, чтобы конфету «тихого сна» ребенку не забыли выдать. Но это нужно знать, причем именно сейчас, пока личность полностью не сформирована, так что необходимость изучения всяких порожденных людьми кошмаров понимаю. Нам это не раз рассказывали и родители, и в школе, поэтому нечего плакать, надо спокойно спать ложиться...

Вот в этот самый момент я понимаю, что меня беспокоит. Я не помню своего визита к врачу.

Проверяю коммуникатор — отметка стоит, а вот вспомнить не могу. Усевшись на кровати в своей комнате, пытаюсь сосредоточиться... Вот я вышла из дома, остановилась в ожидании отобуса. Подлетел красный такой транспорт, я села, затем... Пролетела, вышла — это я помню, а вот дальше... дальше совсем ничего. Как будто закрыла глаза, открыла, и я на остановке с отметкой о прохождении контроля. Как такое может быть? А вдруг ерунда, забыла просто?

Тут начинает действовать конфета, выданная мне мамой, хотя этого момента я почему-то тоже не помню, заставляя меня засыпать. Но даже во сне я пытаюсь понять, что происходит. Это точно не болезнь, потому что браслет молчит, а так он бы сигнал тревоги выдал, но забывать мне несвойственно. Додумать эту мысль я не успеваю, открыв глаза только утром.

И опять появляется беспокоящее ощущение, но долго мне раздумывать некогда — надо завтракать и в школу спешить, потому что контрольная у нас сегодня. Потянувшись за платьем, бросаю взгляд в зеркало, сразу же поняв, что меня беспокоит: я с какого-то перепуга трусы задом наперед надела, вот и некомфортно мне! Переодеваюсь, натягиваю платье и спешу на завтрак. Если я второй день так гуляю, понятно, что меня беспокоит. Позавчера я душ принимала, вчера почему-то нет, но пока и так сойдет, не успею я с душем сейчас — в школу надо спешить.

Быстро впихиваю в себя сырники с Сережиным любимым вареньем. Он клубничное любит, а я земляничное, но некогда мне сейчас — проспала я будильник, получается. Родители уже ускакали, а разбудил меня брат, убегая в свою Академию. Спасибо ему, а то бы так и спала. Странная сонливость, на самом деле, но я об этом вечером подумаю, а пока едва успеваю вскочить в отобус, чтобы еще и в школу не опоздать.

В транспорте обнаруживается и дождавшаяся меня Танька. На лице ее беспокойство, но я только широко зеваю, и ей все понятно становится: от конфеты разоспалась, хоть и не должна была, но всякое бывает. Она кивает мне, усаживаясь рядом.

— Я уже поволноваться успела, — сообщает мне подруга.

— Будильник не почувствовала, — объясняю я. — Если бы не Сережа, опоздала бы всюду.

— Наверное, перезанималась вчера, — кивает Таня, задумчиво теребя свой наладонник с высветившимися шпорами. Это бессмысленно, потому что контрольная в вирте будет, но писать шпоры у нас поощряется — способствует запоминанию, говорят.

Владарг Дельсат

— Наверное, — отвечаю я, пытаясь восстановить в памяти вчерашний день, что у меня получается с трудом. Скорее всего, действительно перезанималась, потому что другого объяснения нет.

Отобус выкидывает галерею к школе, куда мы спешим со всех ног. Красивый белый шар, сияющий окнами в лучах восходящего солнца, будто подгоняет нас обеих, отчего мы уже бежим. До начала урока минут пять всего, а нам еще до класса домчаться надо. Но мы, хихикая, конечно же, успеваем — разум, управляющий школой, нам проход открывает, и мы оказываемся в классе за минуту до звонка.

— Здравствуйте, дети, — в класс входит наш учитель, Вячеслав Лиевич. — Сегодня у нас проверочная работа, а это значит что?

— Вирт, — тяжело вздыхает Ванька Проскурин, до последнего надеявшийся на то, что пронесет.

— Правильно, Иван, — кивает ему наш учитель, отдавая команду.

Виртуальная реальность, в которой мы оказываемся, для каждого индивидуальна. Наладонник не достанешь, в учебник не заглянешь, потому что и на столе, и на доске, и даже в окне задания проверочной работы светятся. Это для того, чтобы мы не отвлекались, хотя у Сережи в Академии все ровно так же устроено, а это значит, что такие вирты — просто стандарт.

Итак, что у нас по заданиям? География — она не сама по себе, у любого изучаемого материала должен быть смысл. Вот и мне демонстрируется рубка космического корабля, из которой местность видна. Как следует из вводной, исправны только импульсные двигатели, потому надо выбрать место для посадки, чтобы остаться в живых. Импульсники с жидкостями реагируют, особенно с водой — чуть ошибешься, и все. Я сосредотачиваюсь, визуально просматривая местность, чтобы представить, куда тут вообще можно сесть, чтобы не стать мелкодисперсной пылью.

# Глава вторая. Сергей

Вот и полгода минуло, и снова я, как много лет назад, заканчиваю экзамены. Навигация с тех пор изменилась несильно, но новые принципы движения, конечно, свой след оставили. К тому же появился предмет «Темпоральные смещения», и к нему два десятка инструкций. Он мне точно пригодится, потому что, как искать Машу, я себе и не представляю.

Однажды уже похороненная сестренка жива. Эта новость чуть не отправила маму в госпиталь, да и меня тоже. Но вот теперь мы с Иришкой моей выдвигаемся на поиски сестренки. Даже несмотря на то, что считалась она умершей, что прошло много лет с тех пор, она по-прежнему очень любимая и родная моя сестра. И я ее, разумеется, найду.

— Капитан-лейтенант Винокуров, — звучит вердикт квазиживого экзаменатора. — Предмет отлично, вопросы безопасности отлично, допуск подтвержден.

Капитан-лейтенант — по выслуге лет, ну и за прошлое накинули, ну и допуск к самостоятельному управлению. Это очень хорошо, особенно с первого раза, хотя и предсказуемо. Я уже не зеленый курсант, а взрослый, поживший человек, внучата есть даже в большом количестве, так что логично отсутствие детскости в суждениях.

Но этот допуск означает, что время подготовки завершено и теперь мне предстоит принять новый корабль, проститься с детьми и внуками и, прихватив Иришку, ибо по отдельности мы не встречаемся, отправиться в неизвестное далеко. И хочется, и тревожно мне, причем, в основном, за Лику.

Выйдя из виртуального интерфейса, обнаруживаю вокруг себя всю семью, сразу же принявшуюся меня обнимать. Сначала-то папа лететь хотел, но у него недопуск уже по возрасту, к тому же Творцы довольно ясно выразились. Тоже, кстати, загадка. Долгое время Творцы считались сказкой, причем даже не нашей, а наших друзей. Люди таких то ли предтечами, то ли еще как-то похоже называли, но суть не в этом. Сначала они вышли на связь с Витей, это младший сын, ибо старшие у нас девочки, а затем и внучку — Аленку — порадовали. С ней, кстати, не все так просто, но Машка встала насмерть, поэтому копать глубже не стали.

— Ну что, папа, готов? — интересуется у меня Танечка, опираясь на своего загадочно улыбающегося мужа. — Пошли, с кораблем познакомлю.

Муж у доченьки — главный по снабжению всего Флота, так что подозреваю, корабль у меня будет непростой. Потом надо будет поинтересоваться у Машки в отношении его загадочной улыбки, а пока меня, распираемого от любопытства, с мамой нашей, Иришкой в смысле, ведут знакомиться с тем, на чем я летать буду. Внутреннее ощущение умиротворенное, значит, дар мой заранее со всем согласен, — уже интересно.

— Ну, пошли, — соглашаюсь я, подхватив супругу под руку. — Надеюсь, это не крейсер?

— Как ты догадался?! — восклицает Танюша, улыбаясь.

Это доченька шутит, по интонациям слышно, можно расслабиться, потому как крейсер — штука, в первую очередь, большая и вдвоем с ним не управиться. То есть будет что-то вроде рейдера какого-нибудь. Что ж, посмотрим, что доченьки любимые папе приготовили.

Идем мы сейчас по коридору главной базы Флота, встречая несколько удивленных офицеров. Удивляются они такой представительной делегации, в которой по центру каплей, а по бокам и позади адмиралы. Их можно понять, но тут интрига довольно быстро теряется — некоторые из встреченных молодых людей мне знакомы, значит, скорее всего, мои ученики, ибо сказать, что помню совсем всех, не могу.

Пока идем, мне вспоминается Маша. Не дочь, а сестренка моя, как оказалось, потерянная. Она же попала к Отверженным, они, скорей всего, обрушили ее мир. Сестренка могла и с ума сойти, так что медицину надо будет максимально укомплектовать. Даже представить невозможно, через что прошла Машка, но вот для того, чтобы ее именно спасти, нужно погрузиться во времени — это, кстати, совершенно понятно. Вопрос в том, как глубоко и где именно, но это я потом подумаю, старт точно не завтра, мне еще корабль изучать.

Над переходной галереей горит надпись «Витязь», намекая на то, что доченьки любимые ничего не забыли. А сам корабль... Необычно выглядит, если отсюда сквозь обзорку смотреть. Такое ощущение, что он сплав нескольких моделей, причем с ходу я его основное предназначение определить не могу.

— Это специальный корабль, папа, — сообщает мне понявшая мои затруднения Таня. — Защита эвакуатора, к тому же жилые отсеки именно от него с расчетом на два десятка разумных. Кубрик квазиживых на три десятка разумных. Оружие — самое мощное из существующих у нас и у наших друзей. Поэтому он такой крупный, но вот на планеты он садиться может, хотя, по нашему мнению, это не пригодится.

— А медицина? — интересуюсь я.

— Вэйгу четвертого поколения, с полным осознанием, — отвечает мне Лиля как специалист по медицине. — Обеспечение максимальное, что влезло.

Зная дочку — влезло много. Интересно, как я такой махиной управлять буду? Скорее всего, ручное управление предусмотрено, но вряд ли понадобится. Квазиживых у нас три десятка, что значит — десант есть. При этом наверняка имеются и пилоты, что немаловажно, а я буду всем этим добром командовать. Любопытно, конечно...

— Эмиттеры темпорального скольжения последнего поколения, — сообщает ее муж, глава инженерной службы. — Двигатели с тройным резервированием, хоть звезду протыкайте.

— Ничего себе!.. — не могу удержаться я. — У меня часом не линкор?

— Маленький он для линкора, — с сожалением в голосе вздыхает Танюша. — А так — и флоту можешь дать прикурить.

— Еще что интересного есть? — интересуюсь я.

И тут начинается экскурсия — жилые помещения, детские, небольшой госпиталь, способный подключиться к жилым, превращая их в дополнительные палаты. Системы вооружения — целая панель с собственным разумом, правда не осознавшим себя. Ну и основной разум «Витязя», конечно.

— Добро пожаловать на борт, командир, — в голосе мне слышится улыбка. Это значит, девчоночки мои пересадили разум с того самого «Витязя»?

— Здравствуй, Витязь, — здороваюсь я, улыбнувшись. — Хорошо, что ты тут.

— Мне тоже понравилась эта идея, — отвечает он мне.

— Папа умный, — сообщает Машка. — Он все прекрасно понял. Ну что, обновим столовку?

Мысль, по-моему, прекрасная: можно и поесть, и поговорить, и на модель синтезатора взглянуть. Насколько я понимаю, дочка хочет что-то о Лике мне сказать, чтобы мы с Иришей не беспокоились. Интересно, что?

Маша считает, что мы вернемся до родов Лики, что, в целом, хорошо. Но при этом доченька сама признается, что практически не чувствует, сколько времени пройдет для нас. Тут еще нужно помнить, что Отверженные, ставшие историей, как-то умудрились блокировать дар интуитов. Мама сильный интуит и даже если не почувствовала члена семьи, я-то должен был, да и коллеги у мамы были, вполне могли... В общем, дело довольно темное, и разбираться в нем нам.

Пора отправляться на поиски моей, как оказалось, украденной сестренки. В тридцать первом году прошлой эпохи ее украли, какой она стала за тридцать лет, мы выяснять не будем, потому что попробуем найти ее если не в момент подмены, то в течение наименьшего срока. Но тут, конечно, как повезет, ибо зависит от нас далеко не все.

— Пора прощаться... — произношу я, еще раз оглядывая всю семью.

Наши моментально заплакавшие девочки бросаются к нам с Иришей. Почти как в детстве, они обнимают нас, не очень желая отпускать в дальний неизвестный путь родителей, мальчишки держатся, а вот их жены... Затем наступает черед внуков, и прощание затягивается до вечера. Действительно, долгие проводы — лишние слезы, но и понять их можно.

Наш обновленный «Витязь» покинули уже все, а мы с Иришей в последний раз смотрим на нашу Гармонию. Зеленая планета тоже прощается с нами, но мы на правое дело уходим, как наши предки, а потому — выше нос. Что же, пора отправляться... Вопрос только, куда? Пожалуй, надо начинать с той точки, где была спасена Аленка, с которой все непросто. Она генетически идентична Машке, при этом памяти моей сестренки не имеет. То есть не реплицирование и не клон, ибо клоны живут недолго — у них сердце отказывает в течение очень малого срока.

— Витязь, — отдаю я первую команду. — Навигация в точку Ши-три в автоматическом режиме.

— Маршрут принят, — слышу я подтверждение и, подхватив под руку любимую, отправляюсь в сторону спальни.

Ужин у нас уже был, теперь же надо хорошенько отдохнуть. Сейчас мы с любимой пообщаемся перед сном и будем сладко спать, чтобы утром по корабельному времени начать поиск. Чует мое сердце, легко не будет... надо с любимой поговорить о том, какие именно последствия могут быть в таком случае.

— Не сойдет с ума, — отвечает на незаданный вопрос Иришка. — Может закуклиться, но с ума не сойдет. Зависит от условий, конечно... Но в восемь лет психика еще довольно гибкая, поэтому, скорее всего, в своем уме останется, а вот память...

— Тоже об этом думаешь, — киваю я, соглашаясь с мнением специалиста. — Память может утратить полностью, помню, говорили...

Мы усаживаемся на нашу кровать, чтобы просто посидеть в тишине, а я вспоминаю Машку. Радостную, смешливую, никогда не унывавшую. Как она комфортно чувствовала себя в моих руках, как любила «к братику на ручки», даже когда повзрослела. Каким страшным ударом для всех нас стала ее гибель, и какая надежда появилась в глазах мамы, когда внучка принесла благую весть.

Утро наступает жужжанием будильника и сообщением «Витязя» о выходе в назначенную точку. Я бужу любимую ласковым поцелуем, отчего ее глаза медленно раскрываются, позволяя мне полюбоваться их необычайным цветом. Двадцать лет прошло, а она у меня все такая же сияющая, яркая, красавица просто.

— Я тебя тоже люблю, — сообщает мне Иришка. — Пошли завтракать.

— Хорошая мысль, — киваю я. — Оладушки?

— Ола-а-адушки... — потягивается любимая моя. — Да!

Любит она их с тех самых пор. И доченьки мои ясноглазые и сыновья очень оладушки с утра любят. Со сметаной и вареньем, как у нас принято. Вот и сегодня мы начнем день с них, потому как у нас планируется первое погружение. Скольжение во времени назвали «погружением» поэтичные флотские товарищи.

Сегодня мы опустимся на двадцать два года назад, если получится. Идеально, конечно, было бы найти Машку сразу же, но шансы малы, да и временное смещение может оказаться совсем не расчетным, ибо технология хоть и освоенная, но не всегда точная, что показала экспедиция к Терре-два. Загадочная и легендарная планета попала во временную аномалию, поэтому то появляется, то исчезает, и времена на ней дикие. Что смогли зафиксировать автоматические зонды, выглядит очень неприятно, как бы не похуже лагеря, который дочки Витьки пережили. Так что всякое бывает, конечно.

Оказавшись в столовой, предоставляю право выбора любимой, поздоровавшись с квазиживыми. Питаются они иначе, но понятие ритуала имеют, поэтому Нюзин, Василий и Вен сидят за отдельным столиком, о чем-то беседуя. Ну мы друг другу не мешаем, просто пожелав доброго утра. Вен, кстати, пилот, будет в рубке помогать, если окажется необходимо.

— Вен, через полчаса погружение, — предупреждаю я миловидную квазиживую. — Скорее всего, все будет нормально.

— Но инструкция требует, — согласно кивает она.

— Тогда я своих не бужу, — решает Василий. Он у нас командир десанта, его время еще не пришло и, надеюсь, не придет.

— А я буду скучать... — задумчиво произносит Нюзин. — Потому что контакта пока не предвидится.

Она специалист группы Контакта, ибо в полете может встретиться что угодно, рисковать точно никто не хочет. Знаний у нее в квазиживой голове видимо-невидимо, и в случае встречи с возможными друзьями она мне поможет. А сейчас у нас завтрак и размышления за традиционной кружкой кофе.

Вот будь я на месте Машки, как бы реагировал на смену обстановки? Бежать попытался бы, Машка, скорее всего, тоже, значит ее или взаперти держат, или как-то гарантировали отсутствие побега. Что для Отверженных проще?

— Ириш, а как могли Отверженные гарантировать отсутствие побега? — интересуюсь я у жены.

— В зависимости от того, что делать собирались, — вздыхает она, готовясь озвучить неприятные новости. — От клетки до отрезания конечностей.

— Лучше первое, — понимаю я. — Второе очень уж нехорошо выглядит, а ей восемь было.

— Эх, Сережа, — тяжело вздыхает Ириша.

Иришка изучала все данные по Отверженным, что у нас были, ну еще что Настя с девочками принесли, конечно, поэтому ее тяжелый вздох значит многое. Задача, впрочем, не меняется — нужно как можно скорее найти Машку, ибо ситуация у нее может статься очень серьезной и совершенно неожиданной. А как подобные неожиданности способны подействовать на детскую психику, не ведомо никому.

Где же ты, Маша?

# Глава третья. Маша

Я ОЧЕНЬ ЛЮБЛЮ МАМИН ДЕНЬ РОЖДЕНИЯ, ПОТОМУ ЧТО это же мама. Он совсем скоро, и к нему нужно приготовиться — подарок сделать, как у нас в семье принято, сегодня как раз выходной день. О визите к врачу, случившемся две недели назад, я уже и думать забыла, меня увлекли совсем другие заботы.

— Сегодня летим на природу, — предупреждает меня папочка, на что я киваю, стараясь не завиз- жать от радости.

На природу — это значит будет озеро, лес и жаренное в специальном приборе по древнейшей традиции мясо. Оно называется «шашлык» и очень вкусное. Единственное, по-моему, блюдо, которое готовит папа. И совершенно, по-моему, прекрасно готовит. Поэтому о подарке для мамы я подумаю потом, а сейчас спешу собираться. Надо купальник надеть и костюм лесной, потому что платье не подходит. В платье по деревьям не полазаешь, а я очень люблю залезть повыше и смотреть сверху в сторону линии горизонта.

Спустя час где-то мы все собраны, братик хватает взвизгнувшую меня на руки и подбрасывает к потолку, отчего я заливисто смеюсь, потому что очень мне это нравится. И на руках у него сидеть мне нравится, хотя я уже большая девочка, но это же Сережа... Вот вырасту я, и будет меня муж на руках носить, потому что так правильно. Папа маму тоже на руках часто носит, у них любовь просто волшебная. От этой любви мы с Сережкой народились, и так же, как друг друга, родители любят нас.

— Пошли в бот, — братик называет электролет по-флотски, демонстрируя привычку.

— Неси меня! — хихикаю я, на что тот только кивает, но не в руках несет, а на плечо, как сумку, забрасывает.

Это очень весело, на самом деле, поэтому я не сопротивляюсь, а обвисаю, как девушки на древних картинах. Правда, ненадолго, потому что Сережка щекотать начинает, поэтому я извиваюсь и хихикаю всю дорогу до семейного электролета.

Оказавшись внутри, я смотрю на тихо пискнувший коммуникатор. Там светится приглашение к тому же врачу, на что я только пожимаю плечами. Непонятно это, да и необычно, поэтому я показываю коммуникатор брату. Он копирует данные врача, кивнув мне в ответ. Значит, сейчас запросит кого надо...

А семейный транспорт уже ввинчивается в небо, даря мне радость. Очень мне нравится проводить время с семьей, поэтому о том, что от меня врачу нужно, я и не думаю. Зачем мне об этом думать? У меня есть, чем заняться и без этого. Мы сейчас поворачиваем в сторону туристических площадок Гармонии — это специальные места, одно из которых сейчас зарезервировано нами, чтобы не мешать друг другу.

Вот и озеро, в которое я прямо сразу полезу купаться. Просто предвкушаю прикосновение теплой воды к почти обнаженному телу. А вода в озере обязательно теплая, потому что я папу знаю — он совершенно точно подумал обо всем, особенно о моем комфорте. Поэтому раздеваться я еще в электролете начинаю, под улыбчивым взглядом мамы.

И-и-и-и! Прямо из зависшего над водной гладью электролета сигаю в озеро. И наслаждение полетом такое, как в первый раз. Достав почти до дна, всплываю, чтобы отфыркаться и улечься на воду, глядя в огромное голубое небо, на котором сегодня ни облачка. Покой разливается по телу, и кажется мне, что я просто плыву не по воде, а в воздухе, посреди зеленых елей... Ощущение просто непередаваемое, дополняемое внутренним желанием провести здесь всю жизнь. Почему-то мне кажется, что впереди меня ждет что-то страшное, но у меня же нет дара интуита? Это проверялось еще года три назад! Значит, я просто переучилась и нужно не думать об этом. Сегодня такой прекрасный день, и о плохом, которого не может случиться с ребенком на Гармонии, думать не следует.

Возможно, это уроки истории и рассказы о том, как некогда людей били и заживо сжигали, на меня так подействовали? Надо будет тогда в госпиталь слетать... Вот сначала узнаю, что от меня доктор хочет, а потом сразу и слетаю, потому что такие ощущения не к добру. Вот была бы я интуитом — и того, что я чувствую, было бы достаточно для тревоги, может, и планетарной.

Меня ничуть не беспокоит тот факт, что я не интуит, потому что не всем же быть с дарами, правильно? Вот и мне не надо. Я плыву к берегу, чтобы посидеть с родителями и братом. Очень мне вдруг этого хочется, просто внезапно, и нет у меня понимания — почему. Но раз хочется, то посижу... Уже и запах вкусный с берега ветерок доносит, значит, скоро питаться будем.

Завтра, сразу после школы, заеду к этому доктору, а послезавтра, если сохранится ощущение, — в госпиталь. Там психологи, и мнемограф есть. Если что, хотя бы увидят, что именно меня беспокоит, потому что мало ли что, вдруг дар спящий? Тогда меня будут учить им владеть, понимать сигналы организма. А пока я доплываю до берега, чтобы быть обнятой полотенцем, которое Сережа в руках держит.

— Вовремя ты, — замечает папочка. — Как раз мясо поспело.

— Ура! — отвечаю я.

Наверное, я долго в озере пролежала, сама даже этого не заметив. А еще брат явно жмется ко мне, то погладит, то обнимет, поэтому я залезаю к нему на колени, чтобы прижаться к близкому. И Сережа успокаивается, обняв меня со всех, кажется, сторон. Так мы и сидим, пока папа не начинает раздавать железные палки с мясом.

Мне кажется, Сережа сам что-то чувствует, но не может сформулировать, что именно. Все-таки дар проявляется по-разному. Наверное, надо попросить его быть поосторожнее, потому что на планете со мной точно ничего случиться не может, а вот с ним в Пространстве... А вдруг...

— Что случилось? — сразу же реагирует на мою дрожь братик.

— Представила, что с тобой что-то случилось, — признаюсь я. — Даже в глазах потемнело.

— Со мной никогда ничего не случится, — улыбается он мне, гладя по голове. — Я всегда буду, и ты всегда будешь...

— А если я вдруг... потеряюсь? — как будто что-то внутри заставляет меня задать этот вопрос.

— Тогда я буду искать тебя хоть всю жизнь, — он целует меня в нос, и все мои вопросы исчезают.

Я тоже придумала: «потеряюсь». На Гармонии, да и на любой планете потеряться невозможно технически. Коммуникатор не даст, вмиг подняв по тревоге всех, до кого дотянется. Так что это мои детские фантазии... надо же, «потеряюсь»... А вот если коммуникатор неисправен? Тогда все равно найдут, и нечего об этом думать.

Лучше я поем этого вкусного мяса, заедая его зеленью, и понежусь в руках брата, а завтра... Может, не заезжать к врачу, а сразу в госпиталь? Ну, если что-то найдут, они его известят, наверное. Только это не очень вежливо получится...

Я ПРОСЫПАЮСЬ ОТ ХОЛОДА, НО, ОТКРЫВ ГЛАЗА, НЕ ВИЖУ ничего. Вокруг меня совершенно темно и очень холодно. Где я? Что со мной? Ощупываю себя, внезапно обнаружив отсутствие одежды, даже коммуникатора нет. Это страшный сон? Коммуникатор всегда со мной, если его нет — это точно сон, иначе не может быть. Я пытаюсь вспомнить, что было накануне.

С утра я решила поехать в госпиталь — вместо школы, потому что беспокоило ощущение странное. Почему я родителям не сказала? Не помню, а потом я вдруг оказалась в кабинете того доктора и... и всё. Я больше ничего не помню. Что произошло? Что я здесь делаю?

— Есть здесь кто-нибудь? — спрашиваю я, услышав свой голос, но это все, что я слышу, нет никакого ответа, абсолютная тишина.

Не сдержавшись, я кричу от обуявшего меня страха, кричу изо всех сил, но мой крик отражается от стен того места, где я нахожусь, не вызывая никакой реакции. Это точно сон, и я скоро проснусь. Ведь не может же происходящее быть реальностью!

— Папа! Мама! Сережа! — кричу я, не слыша

ничего в ответ. Надо постараться проснуться, очень надо!

Но абсолютная тишина окружает меня, и на ум приходят картины из древности — ну те, которые нам на уроках истории показывали. От одной мысли становится так страшно, что нет сил выдержать, но в тот момент, когда я совершенно отчаиваюсь, прямо передо мной появляется слепящий белый прямоугольник. Догадавшись, что это дверь, я уже хочу вскочить, но не успеваю. Чья-то грубая рука хватает меня за волосы, сильно дернув, отчего привставшая я падаю обратно, но это никого не беспокоит — меня просто тащат по полу, вытаскивая в какой-то ярко-синий коридор.

Я пытаюсь что-то сказать, вырваться, но вокруг многоголосье говорящих на неизвестном языке или даже языках. Единственное, что мне удается, это закричать — и тут же ощутить боль. Меня будто обжигает тонкой полосой по спине, заставляя подавиться криком. От происходящего я чувствую, что просто с ума схожу, потому что этого просто не может быть.

Меня еще раз резко дергают за волосы и швыряют куда-то. Я падаю, ударяясь головой, отчего, кажется, на мгновение теряю сознание, потому что в себя я прихожу от того, что что-то

Владарг Дельсат

сильно сжимает руки и ноги. Я лежу животом на чем-то твердом, не в силах пошевелиться.

— Отпустите! — кричу я. — Кто вы? Что вы делаете?

— Мольчать, объект четырнадцать двадцать два, — как-то не совсем правильно говорит кто-то, кого я не вижу. — Ты есть делать говоримое мной, а то боль!

— Что? — не понимаю я.

— Тупой объект, — произносит тот же голос. — Ты чувствовать, что бывайт за непослушаний!

Я даже не успеваю задуматься о том, что он сказал, потому что неизвестный выражается совсем непонятно, но в этот самый момент что-то противно свистит, и острая, какая-то обжигающая боль буквально разрезает меня пополам. Я громко кричу, но она только усиливается, становясь почти невозможной.

— Ты запомнить, тупой объект! — кричит незнакомец над самым ухом, и я понимаю: он как-то делает мне больно, наслаждаясь этим?

От осознания этого факта я теряю сознание. Но, видимо, ненадолго, потому что снова прихожу в себе на том же месте. Что это? Кто может делать больно ребенку? Я совершенно ничего не понимаю, сразу же начав плакать, потому что хочу домой к маме, папе и братику! Отпустите меня! Отпустите!

— Я не заканчивать, маленькая дрянь! — выкрикивает все тот же голос, и снова приходит тот самый свист с перепиливающей меня пополам жуткой болью. — Ты делать, что я говорить!

— А-а-а-а! — кричу я и снова теряю сознание.

На этот раз я прихожу в себя в той же черной комнате. Я лежу на боку, кажется, спина, попа и ноги болят очень сильно, поэтому я пытаюсь себя ощупать, сразу же почувствовав влагу, отчего все снова исчезает. Происходящего не может быть со мной, ведь для людей дети превыше всего, а эти, похожие на людей, делают мне очень-очень больно. Просто жутко больно. За что? Почему они это делают? И ведь им же нравится мой крик!

Мне вспоминаются уроки истории... Неужели я сейчас в Темных Веках? Может ли так быть, что я провалилась во времени? Тогда они меня убьют! Я не хочу умирать, я к маме хочу-у-у-у! Боль просто запредельная, и еще голодно немного, что значит — я здесь давно. Единственное, что я могу сейчас сделать — опуститься на пол и плакать. Все изменилось как-то мгновенно — только что я жила счастливо, и вдруг...

Надо бежать! Совершенно точно надо бежать, а то меня забьют насмерть! Но я сейчас только и могу, что лежать и плакать. Меня лишили одежды, сильно побили, отчего я совсем потерялась. Я

Владарг Дельсат

просто в панике и ужасе, но все равно готова бежать, потому что очень страшно все вокруг, просто невозможно жутко. Я должна встать...

Как будто подслушав мои мысли, дверь снова открывается, я вскакиваю и бросаюсь вперед, чтобы убежать как можно дальше, но сильный удар отправляет меня опять в теплую черную реку, в которой ничего нет. Я плыву по этой реке, изо всех сил стараясь докричаться до мамы, папы и Сережи, но они меня не слышат. Как будто их и вовсе нет, а я одна на всем белом свете.

Очнувшись в очередной раз, я обнаруживаю, что в комнате есть немного света. Стены серого цвета, такой же пол, и больше ничего. На полу лежит что-то, похожее на собачью миску из мультфильма. Наверное, это еда, и есть ее предполагается прямо так. Но я не хочу, я хочу домой! Только, наверное, меня украли, и теперь нужно только исхитриться убежать. Почему они отобрали мою одежду? Где мой коммуникатор? Почему эти странные неразумные такие спокойные, ведь меня ищут, не могут не искать!

Но мои мысли ни к чему не приводят — голод становится сильнее, и я усаживаюсь к миске, чтобы поесть эту безвкусную жижу, непонятно из чего сделанную. Если я хочу убежать, то есть мне надо, иначе будет плохо, и я не смогу — а я очень хочу к маме! И к папе! И к Сереже! Я не хочу быть объектом! Я девочка, человек, разумная! И я опять плачу. Плачу изо всех сил, потому что, кажется, что выхода совсем никакого нет, а только боль...

Что же произошло? Кто это? Как я тут оказалась? Снова и снова я задаю себе этот вопрос, но не знаю ответа на него. Дверь снова раскрывается, давая мне возможность увидеть и моего мучителя, и длинную черную штуку, на антенну похожую, которой он делает мне больно. Очень больно. Так, что я снова отправляюсь в темную реку.

# Глава четвертая. Сергей

«Погружение», по мнению «Витязя», проходит штатно, теперь надо только искать. Вот это и есть самая большая проблема: где именно искать. Прежде всего, стоит идти к планете Отверженных, хоть и не факт, что Машка там. Тем не менее с чего-то надо начинать, потому будем искать.

— Витязь, курс на планету Отверженных, — командую я. — Маскировку только натяни.

— Выполняю, — отвечает мне разум корабля, направляясь в субпространство.

Навигации тут мы не знаем, поэтому кружным путем пойдем, осторожненько. Маршрут давно построен, идем мы по широкой дуге с двумя-тремя остановками, чтобы не получить ненужные проблемы, ведь установлено же, что Отверженные с Врагом активно общались, а принять бой мы можем, конечно, но пока по возможности не будем.

Пока мы в субпространстве, делать особенно нечего, поэтому мы с Иришкой идем в свою каюту — посмотреть еще раз накопанное по Отверженным. Мне еще в прошлый раз в материалах почудилась какая-то нарочитость, поэтому надо еще раз взглянуть на то, что мы имеем. На самом деле, учитывая, что мы сейчас находимся в отрезке времени еще до моей эпопеи, нужно быть аккуратным. Можно было бы, конечно, дать сигнал на Гармонию о том, что Машка жива, но это почти гарантированно породит новую ветвь реальности, и тогда сестренку мы не найдем. А вот если ее изъять, когда она считается умершей... По мнению интуитов, новой ветви не будет. Что же, постараемся поверить, а пока...

— Давай еще раз по материалам планеты пройдемся? — предлагаю я Иришке.

— Давай, — сразу же соглашается она. — Тоже что-то не то почувствовал?

— Нарочито как-то все, — объясняю я. — В конце концов это их не спасло, конечно, но...

— Да, — кивает она. — Для такой нарочитости нужен повод.

Войдя в каюту, подаю на экран команду прямо с коммуникатора. Звучит отчет Феоктистова о

Владарг Дельсат

найденном на планете. И вот тут что-то кажется мне странным. Итак, развернут центр, приживание органов Врага... Статистика, бесплодие. Все вроде бы логично, и временная линия соответствует.

— А возраст разбитого корабля уточняли? — интересуется любимая.

Даю запрос «Витязю», и вот тут нас ждут первые сюрпризы. Они не самые банальные, потому что не соответствует возраст основного корабля «чужаков» и катера небольшого, обнаруженного на планете. Либо большой корабль притащен для антуража, либо Отверженные смогли обнаружить и взять под контроль производственную линию. А если так, то кино получится совсем не смешным, как папа говорит.

— Получается разница в две сотни стандартных лет... — задумчиво произносит Иришка. — Да, не совпадает. Не может этот центр быть неосновным?

— А остальные тогда где? — интересуюсь я.

— Надо искать, — отвечает любимая. — Очень активно искать надо, вот что... Странное прошлое, выходит.

— Давай дальше смотреть, — предлагает она мне, и мы погружаемся в информацию обеих экспедиций. — Стоп!

Иришка свое прошлое, разумеется, помнит. И вот то, как представлено общество Отверженных, вызывает у нее ассоциации именно с ее прошлым, чего быть даже теоретически не может. Значит, вероятны сюрпризы, и не слишком обычные. Все-таки неясна роль Врага во всем этом. Несмотря на все легенды и рассказы, видится мне прямая связь между Отверженными и Врагом, но вот как это проверить, я не знаю.

— Командир необходим в рубке, — звучит в трансляции голос корабельного разума. Значит, что-то случилось.

Рывком поднявшись с кровати, протягиваю руку Иришке, чтобы помочь, после чего мы быстрым шагом движемся в сторону рубки, а «Витязь» в это время сообщает о выходе из субпространства. Значит, чуть не вмазались в какую-то массу прямо по курсу. Бывает и такое, так что сейчас откорректируем маршрут и дальше спокойно полетим.

Только реальность вносит коррективы в мои рассуждения. Едва войдя в рубку, наблюдаю непонятное нечто на экране, по верху которого бежит строка, информирующая о принимаемом сигнале. Молча нажимаю сенсор на коммуникаторе, вызывая Нюзин в рубку. Если у нас тут "сорок два", то она нужна довольно срочно, а пока плюхаюсь в капитанское кресло. Иришка оказывается в навигаторском — справа и чуть позади меня.

— Увеличение, — командую я голосом. — Что это?

Вопрос риторический, потому что объект напоминает звездолет, вскрытый и разодранный по всей длине, вокруг которого обнаруживаются объекты помельче. Тут я начинаю работать напрямую с панелью, уже подозревая, что увижу. Интересно, авария или нападение? Если второе, то это только Враг может быть, других таких желающих я в Галактике и не помню даже.

— Что у вас? — интересуется Нюзин, войдя в рубку.

— Думал, сорок два, — признаюсь я ей. — Но выходит, спасательная операция.

— Некого тут спасать, — сообщает мне «Витязь», увеличивая фигурки.

И вот теперь я чувствую себя так, как будто все мои волосы сейчас дыбом встанут — вокруг останков звездолета кружатся явно выброшенные взрывом... дети. Размеры и развитие тел указывает на детей, а вот это уже совсем плохо, с моей точки зрения, хоть тип корабля нам и незнаком. Трогаю пальцем другой сенсор.

— Вася! — зову я командира десантников. — Возьми группу, обследуй останки неизвестного корабля.

— Ничего ж себе… Выполняю, — отвечает мне Василий.

— Сигнал расшифрован, — добавляет «Витязь». — Это сигнал бедствия.

В общем-то, именно это и ожидалось, учитывая состояние того, что мы видим перед собой. Теперь нам надо только ждать, пока десант обследует корабль и всех тех, кто висит подле него. Сдается мне, что открытия у нас тут будут неожиданными, учитывая, что обнаруженные тела — дети, и их много. То есть временно занимаемся насущными делами и молимся про себя о том, чтобы среди погибших не было Машки.

Вот я замечаю наш катер, двинувшийся к разбитому кораблю. Я обнимаю Иришку, от такого непредставимого зрелища просто дрожащую. Я ее очень хорошо понимаю — зрелище просто очень страшное для любого из нас. Сейчас десант определит, что произошло, может быть, остались записи бортового регистратора, если он у них был. Очень важно узнать, что именно случилось и откуда они…

— Это коты, командир, — передает мне Василий. — На дочку твою похожие, даже очень.

— Вот так новость, — ошарашенно произносит Иришка, неотрывно глядя в экран.

— Не то слово, — вздыхаю я, потому что по

времени много чего совпадает, а рассказ о том, откуда девочки-кошки взялись, я помню.

Как-то мне не по себе...

Самое главное, что нам нужно знать — живых там нет. Совсем нет, никого, причем, по мнению десанта, убивали их целенаправленно, а это сразу исключает катастрофу, на которую я все-таки надеялся. Сейчас они сортируют и хоронят погибших, а потом займутся и регистраторами, а я думаю о том, что сюрпризы у нас еще не закончились.

— Дети, полторы сотни исключительно мужского пола, — сообщает мне Василий. — Взрослые — двадцать два разумных обоих полов, явно экипаж.

— Принято, — вздыхаю я. — Возможно, Лика именно отсюда.

— Мальчиков убили, а девочек захватили в качестве игрушек, — кивает Иришка, для которой такое объяснение вполне близко. — Тогда все вполне логично выходит, да?

— Учитывая историю Лики, да, — киваю в ответ. — Особенно если выяснится, что это был Враг.

Есть у меня одна мысль нехорошая — о том, что

чужаки и Отверженные в союзе были. Возможно ли такое? Теоретически возможно, но тогда поиск Маши может осложниться возможным военным столкновением, а рисковать именно так мне не нравится. Кто знает, выстоит ли корабль против флота... Ага, вот и возвращаются наши десантники. Теперь еще немного подождать, и много чего узнаем, хотя я, в принципе, представляю.

— Витязь, расшифровку добытого считать первоочередной задачей, — приказываю я, чувствуя, что это действительно так.

Это дар мой активировался, я интуит. Не слишком сильный, да и дар направлен почти исключительно на меня самого, но однажды это пригодилось, вот и сейчас, похоже, пригождается, так что команда отдана очень даже вовремя. Если в блоках памяти действующие заодно «чужаки» и Отверженные, то проблема у нас огромная. Пока всех не обнаружим, Человечество в опасности будет. Интересно, почему Враг не напал тогда на наши планеты? Нет ответа на этот вопрос.

— Обнаружена информация, — сообщает мне «Витязь». — Уничтоженный корабль сбросил младших детей в спасательных капсулах, вычисляю координаты.

Чего-то подобного я и ждал, правда, какой смысл в том, чтобы выбросить детей без сопровождения, я не понимаю, но чужая цивилизация, другие нормы, конечно. Сейчас «Витязь» высчитает координаты и пойдем спасать малышей. Учитывая наше везение, это могут быть девочки. Мальчики могли, возможно, встать с взрослыми на защиту корабля; еще один вариант — девочки как будущие матери могут быть священны в данной цивилизации. Впрочем, поживем — узнаем, для нас разницы нет. Мальчики или девочки, спасем всех.

— Витязь, движение к вычисленной точке без команды, — едва инструкцию не забыл, а корабельный разум мне не напомнил, вредничает, значит.

— Выполняю, — отвечает он мне, и картинка на экране смещается.

Интересно, почему Враг не уничтожил младших? Это действие похоже на то, как роботы во Вторую Эпоху себя вели — только выполнение поставленной задачи и ничего более. Отмечаю себе тот факт, что уже верю и без модулей памяти в то, кто напал на кошек. Очень уж информация «в струю», как папа говорит, с тем, что мы знали ранее. Так что, скорее всего, я не ошибаюсь.

Тем временем «Витязь» приближается к поясу астероидов, отвечая тем самым на вопрос, как спаскапсулам справиться удалось. Не могу сказать, что неправильно — так их заметить действительно сложнее, если точно не знаешь, что они здесь. Ну мы-то знаем, поэтому наш корабль даже без помощи десанта соберет три капсулы, прижавшиеся к довольно крупному астероиду, и позовет нас. А нас звать нужно, чтобы открыть капсулы, при таком квазиразумных обычно не зовут. Мотив этого простой — не напугать детей. Кроме Вики, почти никто из квазиразумных с детьми обращаться не умеет. В любом случае точно не десант.

— Пойдем? — интересуется у меня все понимающая Иришка.

— А как же, — киваю я, отправляясь в сторону лифта. — Пошли, душа моя.

Сейчас спустимся на два уровня и двинемся в док. Если дети — котята, то могут и реагировать, как на маму с папой, тогда все зависит от того, насколько они маленькие. Похоже, у нас будет возможность это узнать, и прямо сейчас.

— Похоже, что Отверженным нравится мучить именно девочек, — задумчиво говорит Иришка, вспомнив свое прошлое, — причем детей. Мальчиков они просто убили, а девочек...

Тут договаривать не надо: и ее история, и Настина, и Ликина — все они говорят именно о том, что Отверженные настроены именно мучить, унижать, избивать обязательно детей женского пола, и вот этот факт совершенно необъясним. Я и

Владарг Дельсат

представить себе такую девиацию не могу, а ведь это не один человек, а целая этническая группа. Причем они же не своих мучают... Может ли целая этническая группа быть настолько... бракованной? Скорее всего, может. Генное нарушение там какое-нибудь — и девиация готова.

Остается пройти еще несколько шагов по темно-зеленому коридору, а двери дока уже приглашающе открыты. Из-за угла выворачивают три транспортные тележки — по числу капсул, это очень логично. «Витязь» опять поправляет своего забывчивого командира, за что ему большое спасибо. Все знать нельзя, а не летал я давно. Можно сказать, вообще не летал, один-единственный полет у меня был.

Спокойно входим в док — вот они. Три одинаковые капсулы, судя по всему, индивидуальные, то есть на одного разумного в лежачем состоянии. Были у нас такие во Вторую Эпоху, потом-то, конечно, мозг проснулся, и так издеваться над людьми перестали. Дети, выходит, в состоянии или сна, или паники, раз указаны «младшими».

Управление капсулой интуитивно-понятное, потому я последовательно касаюсь сенсоров, и крышки капсул поднимаются, открывая нам троих очень маленьких котят. Год им внешне, может два, но точно не больше. Хотя и пару месяцев может быть, ибо, как у них малыши развиваются, совершенно неизвестно еще. Вот Лика родит, и посмотрим, а пока я осторожно вынимаю сначала одну, потом вторую, а Иришка — третью. Это девочки, что заметно сразу, ибо в таких капсулах одетыми не бывают — нужно и массировать, и сливать физиологические жидкости, и много чего еще. Поэтому спящие котята отправляются с нами в лифт, а потом и в медотсек. Нужно их осмотреть, да и привить, чтобы никакой вирус не прицепился. На корабле атмосфера чистая, но кроме корабля еще и планеты есть, не будем же мы тут вечно жить?

Мы поднимаемся на лифте медленно и спокойно — скорость тоже корабельный разум регулирует. Коммуникатор сообщает о готовности Вэйгу, значит, нас ждут. Вот и хорошо, сейчас малышек устроим в кроватке, и будут они у нас дальше спать, пока их аккуратно из сна не выведут. Хотя бы физиология более-менее известна, спасибо Сашке, поэтому сюрпризов я не ожидаю.

Владарг Дельсат

## Глава пятая. Маша

Постепенно я забываю свое имя. Меня бьют и мучают каждый день, при этом, что со мной делают, я не понимаю. Что-то творят с телом, но мне просто больно, а еще — очень страшно. И я больше не Маша Винокурова, теперь я «объект четырнадцать двадцать два», и это все, что у меня есть. Этот номер выжжен у меня на груди, беспокоя меня болью при неосторожном движении до сих пор; одежда мне не положена, потому что я, по мнению этих нелюдей, не человек, не девочка, а объект. Даже не животное, а просто номер, и все.

Мне уже кажется, что папа, мама и Сережа были сном, когда меня решают сломать окончательно — мне показывают трансляцию моих похорон. Я вижу плачущую маму, поседевшего от горя папу, едва справляющегося с собой Сережу и плачу, плачу изо всех сил. Теперь меня точно никто не ищет — я вон она, в гробу лежу.

Оказавшись в своей камере, я только и могу что плакать, потому что меня больше нет. Для всех разумных я умерла, и теперь обо мне будут помнить только родные, но искать точно никто не будет, ведь меня похоронили. Значит, и жалеть себя незачем, надо бежать. Вечером все равно изобьют до обморока, а так хотя бы постараюсь что-то сделать. Может быть, убьют окончательно, потому что так жить я не хочу. Я рождена свободной, разумной и должна оставаться ею.

Меня опять ведут куда-то, когда я вижу приоткрытую дверь и резко бью идущего позади куда попало. Он стонет, а я бегу в эту дверь изо всех сил. Мне очень нужно успеть до того, как она закроется. Отсутствие одежды уже не беспокоит, а вот отсутствие свободы — очень даже. Я успеваю проскочить, оказавшись в пустом коридоре, и бегу по нему что есть мочи.

Коридор длинный, серый, он освещен редкими лампочками, но меня это не беспокоит, потому что я вижу уже выход. Куда ведет эта медленно раскрывающаяся дверь, я не знаю, но лучше смерть, чем такая жизнь. В этот самый момент все вокруг гаснет, а я будто в огне оказываюсь. Боль пронзает все тело, да так неожиданно, что ноги мои подламываются, и я куда-то падаю. Всё падаю и никак не могу упасть.

Что это? Откуда такая боль? Я не знаю, но чувствую, что просто лечу в бесконечность. Мне хочется спрятаться от ставшего таким страшным мира, умереть, если невозможно иначе, я молю не знаю кого избавить меня от этого мира, но это невозможно. Что-то делает мне еще больнее, заставляя открыть глаза. Прямо передо мной на каком-то столе лежит, кажется, девочка, а рядом с ней что-то большое, черное, совсем непохожее на разумного. Меня охватывает ужас, я понимаю, что не хочу видеть... Но меня не спрашивают.

— Ты желать бегать, — слышу я омерзительный голос моего мучителя. — Мы показать, что быть с ты за этот поступок.

И вот тут происходит то, что потом долго снится мне в кошмарах. Я отворачиваюсь, зажмуриваюсь, но еще долго слышу дикий, захлебнувшийся крик и хруст ломающихся в мощных челюстях костей. Мой мучитель объясняет мне, что именно происходит, и от него не спрячешься. А затем доска, к которой я привязана, начинает свое движение вперед, и я понимаю: я следующая. От осознания того, что со мной сейчас будет, я отчаянно кричу, а потом будто умираю. Все вокруг исчезает, и я, кажется, тоже.

Я не знаю, сколько проходит времени, где я нахожусь и что со мной, но прихожу в себя в своей камере. При этом мои ноги болят так сильно, что я опять отключаюсь. Я жива еще, кажется, но боль такая, что я, кажется, схожу с ума, потому что сил это выдержать просто нет. На моих глазах только что убили человека... И меня точно так же убьют, когда им надоест со мной играть. Вот это я очень хорошо понимаю сейчас. Кажется, все что я знала, во что верила — все это было только что уничтожено.

И я снова открываю глаза. Ноги по-прежнему болят очень сильно, при попытке сдвинуться их прошивает еще большая боль, отчего я рефлекторно хватаюсь за них. Но в этот самый момент я понимаю — их нет. Ужас захлестывает меня с головой — выходит, меня все-таки отдали этому страшному, но он почему-то не стал есть меня всю? Серый свет потолочной панели позволяет мне увидеть истину: ног у меня почти совсем нет. Только совсем немного, но ходить я точно уже никогда не смогу. От осознания этого я хочу спрятаться... И снова мир гаснет.

Приходить в себя я не хочу, я цепляюсь за темную реку, не желая выплывать, но меня не спрашивают. Новая волна боли, заставляющая выгибаться, хрипло крича, выдергивает меня из

Владарг Дельсат

забытья, и я обнаруживаю себя в той комнате, где обычно мучают.

— Ты теперь не бегать, — ухмыляется мой мучитель, почему-то не умеющий говорить на Всеобщем языке. — Ты есть ползать.

— За что... — шепчу я, ощущая, что мне постепенно становится все равно. Все происходит не со мной, я просто смотрю в экран, где мучают какую-то другую девочку.

— За то, что ты есть, маленькая дрянь! — отвечает мне это страшное по сути своей существо. — Ты приносить золото!

Эту фразу я совсем не понимаю, но мне уже действительно все равно, ведь я просто сейчас сижу перед экраном, в котором мне показывают очень страшный фильм. Наверное, в наказание за что-то, хотя меня никогда не наказывали. Я доселе и не знала, что ребенка можно бить и так мучить. Теперь-то, конечно... Я даже убежать больше не могу — у меня нет ног... Меня, наверное, просто нет, а это все кажется. Все вокруг — это моя фантазия, этого нет... Просто нет, и все.

В мою камеру меня теперь не ведут и не тащат — меня ногами пинают. Это очень больно, просто невозможно описать как, и я пытаюсь уже ползти сама, когда жесткий сапог мучителя снова и снова бьет меня, заставляя скользить и катиться. Я не представляла себе такого никогда, но осознаю: скоро я умру, и все закончится. Зачем они со мной так обращаются, я уже не задаюсь вопросом. Просто они все нелюди, оттого им приятно мучить людей.

Попав в свою камеру, я просто вытягиваюсь на сером холодном камне, ожидая, когда придет смерть. Нелюди пытаются меня бить, пинать, кричать, но мне все равно, пусть убивают. У меня отняли все: одежду, имя, семью, ноги... Мне незачем жить, просто совсем незачем. Я хочу, чтобы эта жизнь закончилась, поэтому просто жду, когда придет смерть, после которой мне совершенно точно не будет больно. Я прощаюсь с мамой и папой, а еще с Сережей, лиц которых уже почти не помню. Мне даже кажется, что я их придумала...

Эту девочку кидают ко мне в камеру, что-то рявкнув напоследок. Она медленно приподнимается, и я вижу: она младше, намного младше меня, но при этом не плачет. Волосы ее растрепаны, хоть они и недлинные. Незнакомка поднимает взгляд, видит меня, но ничего не говорит, только вдруг оказывается совсем рядом. Она обнимает меня, отчего я

Владарг Дельсат

плачу, потому что меня очень долго никто не обнимал.

— Наконец-то я тебя нашла, ма... Маша! — как-то необыкновенно улыбнувшись, произносит она. — Меня зовут... пусть будет Аленка, ладно?

— Ладно, — киваю я, ничего не понимая.

— Они хотят, чтобы я тебя кормила и ухаживала за тобой, — объясняет мне Аленка. — Но я специально сюда попала!

И тут я вижу на ее голове треугольные ушки. Наверное, они были доселе прижаты к голове, а теперь поднялись и шевелятся. Я такого никогда не видела! А Аленка обнимает меня, рассказывая, что очень рада тому, что нашла меня, а я не понимаю, чему она радуется. Она иногда сбивается, будто желая меня мамой назвать, но останавливает себя. Тут какая-то загадка, наверное, потому что какая я мама в восемь лет?

— У тебя есть дар, Машенька, из-за него тебя мучают, — негромко произносит Аленка.

— Из-за дара? — удивляюсь я. — Но какой в этом смысл?

— Они думают, что можно тебя заставить болью... — вздыхает она.

— Но все же знают, что нельзя принудить... — я не понимаю, ведь это элементарные вещи.

— Они не знают, — отчего-то всхлипывает

Аленка, а потом явно берет себя в руки. — У нас с тобой очень мало времени, поэтому...

Тут распахивается дверь, и в камеру, так комната называется, где меня держат, падают две миски с железным звоном. Аленка дергает ухом и вздыхает. Я не знаю, отчего она вздыхает, но думаю, что из-за еды, которая здесь очень плохая, — почти вода и совсем мало хлеба.

— У тебя есть дар, у меня тоже, — объясняет мне она. — Я... мне очень нужно тебя спасти, поэтому я стану тобой, а ты мной, хорошо?

— Это как? — не понимаю я, но она смотрит так жалобно, что я почти против воли киваю.

— Я отдам тебе весь дар, — продолжает говорить она совершенно непонятно для меня. — И толкну тебя, потому что сама ты пока не умеешь. Я не знаю, где и как ты появишься, потому что я еще маленькая, но там ты точно выживешь. Только ты немножко младше будешь.

— А ты? — не могу не спросить я.

— А я многое забуду, — вздыхает Аленка. — Но зато у меня будет мама и папа... когда-нибудь... Я верю!

Звучит это все как-то совершенно необычно, но я думаю, что все равно же с ума сошла, какая разница, как это выглядит теперь? Может быть, Аленка мне только кажется, потому что я не пони-

Владарг Дельсат

маю, о чем она говорит. Наверное, это все моя фантазия, потому что даров, которые могут перенести в пространстве, просто нет. Теорию даров в первом классе проходят, сразу же после диагностики.

— Тебе, наверное, будут сниться сны... — не очень уверенно продолжает она свой рассказ. — Главное, потянуться к разумным, тогда тебя чему-то научат.

— Как скажешь, — киваю я ей, подумав о том, что на такие сны я согласна, а не на те, где меня едят.

— Сейчас мы с тобой поедим, — предлагает мне Аленка. — А потом я начну становиться тобой.

— Но тебя тогда будут мучить... — я принимаю ее игру, но при этом хочу остановить такую хорошую, совершенно точно воображаемую девочку.

— Пусть, — мотает она головой. — Главное, чтобы ты жила! Ты — самое главное!

И вот тут я задумываюсь. Если бы я была ребенком, лишенным мамы, и могла бы ее спасти, на что бы согласилась? Я осознаю — на все. Может ли так быть, что в Аленке моя дочь живет?

— Скажи... Когда ты родилась, я была твоей мамой? — интересуюсь я у нее.

— Меня сделали из тебя, — опять совершенно непонятно говорит Аленка. — Поэтому ты моя мама, но если у меня получится, то будет живая мамочка... И папочка тоже будет! Я так хочу мамочку... — она всхлипывает, и тут уже моя очередь приходит ее обнимать.

Мы едим непонятное нечто, коим миски наполнены, Аленка о чем-то думает, а я просто пытаюсь представить, что сказанное ею может существовать на самом деле. Представляется с трудом, потому что верить в сказки меня это место отучило. Я не знаю, что это за место, сколько я времени тут и почему еще жива. Почему не сошла с ума, не умерла, не спряталась внутрь себя... Я просто хочу, чтобы это закончилось, хоть как-нибудь, все равно как... Если бы я могла, то сделала бы все возможное, чтобы не ходить тогда к этому странному доктору... Но уже поздно.

— У тебя дар творца, — отложив миску, объясняет мне Аленка. — Он у людей пока очень редкий, но кроме людей есть еще разумные, которые знают этот дар. Именно этот дар поможет тебя сместить в пространстве, понимаешь?

— Нет, — честно отвечаю я, потому что и в самом деле ничего не понимаю, на что она просто вздыхает.

— Даров великое множество, — будто лекцию повторяет, произносит Аленка. — Дар творца означает, что разумные ступили на следующую ступень развития и если они не нарушат законов Мироздания, то станут Творцами Миров. Очень-очень важно, чтобы ты выжила, поэтому я сейчас стану тобой!

И как-то незаметно она начинает меняться. Взяв меня за руки, Аленка смотрит, кажется, в самую мою душу, истерзанную и почти исчезнувшую, но пока существующую, и меняется. Вот лицо ее становится практически моим, вот на груди появляются цифры, но выглядят они не выжженными, а будто проектором сделанные, вот меняются ее руки и ноги. Вот ноги исчезают, растворяясь в воздухе... Спустя несколько мгновений она становится буквально зеркальной копией меня.

— Сейчас ты попадешь на другую... планету, — запнувшись, сообщает мне Аленка. — Там у тебя будет шанс на выживание.

— А как же ты? — цепляюсь я за ее руки.

— А я дам возможность им решить, что они всего добились, — улыбается она. — А потом тоже исчезну, но во времени... наверное. Я не знаю, как это точно работает, просто выживи, пожалуйста, хорошо?

— Я постараюсь... — обещаю я ей.

Мы обнимаемся и сидим так некоторое время. После увиденного я уже верю в то, что она может меня куда-то переместить, но при этом мне не хочется, чтобы такая хорошая девочка страдала. Наконец объятия расцепляются. Аленка не спрашивает меня, чего мне хочется, а чего нет, потому что она уже приняла решение. И я ничего с этим сделать не могу.

— Будь счастлива! — желает она мне, а потом что-то начинает делать, странно выгибая руки.

И тут вдруг камера исчезает. Я падаю с высоты на что-то твердое, вскрикнув от неожиданности. Как будто кто-то ждал моего крика, такое ощущение возникает, потому что вокруг вдруг становится светло. Это точно не моя камера и не место, где меня мучили. Значит... значит, я убежала?

## Глава шестая. Сергей

Открывшие глаза, как удалось установить, полугодовалые малышки, смотрят на нас с Иришкой так, будто мы и есть их родители. Вылизывать их мы не можем технически, зато у нас есть специальные мягкие щетки — Сашка, сынок, позаботился о своих, отчего они вошли в аптечку. Именно поэтому малышки сейчас чувствуют все то же, что при вылизывании, в чем у них есть физиологическая потребность.

Трое маленьких котят, и опять девочки. Чем это вызвано, я себе пока не представляю. Материалы еще расшифровываются, но они совершенно точно теперь уже наши котята, потому что есть у меня такое внутреннее ощущение. Иришка сгребает всех троих в объятия, видимо, юность свою вспомнив. Лицо у нее такое... Особенное.

— Они только что глаза открыли, — сообщает мне любимая, озвучивая вердикт Вэйгу. — Так что...

— Никто и не сомневался, — улыбаюсь я, хотя сам и не подумал поинтересоваться этапом развития.

Только открыли глаза — значит, по рассказам Лики, первый, кого увидят, и есть родитель. А они нас увидели, поэтому совершенно точно навсегда наши котята. Все-таки почему именно девочки? Почему трое всего, это тоже очень серьезный вопрос, но о нем можно и позже подумать... Согласно докладу десанта, девочек, кстати, точно было больше, значит... Понятно, что значит.

— Командир, данные расшифрованы, — лаконично сообщает мне «Витязь».

— На экран госпиталя, — отвечаю я такой же краткой командой.

Нам нельзя сейчас отвлекаться от малышек — им нужно внимание родителей, да и питаться они могут только из наших рук, поэтому получают сейчас молочно-витаминную смесь, адаптированную под их организмы. Совсем маленькие котята напоминают и мне, и Иришке о времени, когда Саша с Витей были вот такими же малышами, отчего любимая улыбается.

— Анализ, — предупреждает меня «Витязь», демонстрируя на экране изображения котов и кошек. — Дикая цивилизация, считающая женскую особь священной и абсолютно всегда правой, уничижая мужские особи. Именно поэтому спасательные капсулы были рассчитаны только на женских особей.

— То есть выверт обратный тому, что у Иришки было, — вздыхаю я, понимая, что в контакт мы с дикой цивилизацией, как это ни смешно, не вступили — спасение детей выше инструкций.

— Было выпущено сорок спасательных капсул, — продолжает разум корабля. — Из них два десятка захвачены Врагом, и, кроме трех, остальные уничтожены.

На экране появляется изображение большого черного дискообразного корабля, нам хорошо знакомого. Он ведет огонь синими лучами по маленьким капсулам, стремительно разлетающимся от основного корабля. То есть очень хорошо нам всем знакомая по Витькиному протоколу картина. Все Человечество видело его бой, что означает... Враг напал на корабль котов, при этом девочки, то есть женские особи детского возраста, потом как-то оказались у Отверженных.

— Материнская планета котов погибла в результате неизвестной инфекции, — «Витязь» еще не закончил. — Этот корабль был единственным с выжившими.

— Дети? — удивляюсь я. — В смысле, только дети?

— Только дети, — соглашается со мной разум корабля. — По отчету Вэйгу — Космическая Оспа в инкубированном состоянии излечена вакцинацией.

Ну еще бы... Вакцина универсальна и берет все сразу, поэтому мы сейчас такие голодные. Еще малышкам надо имя дать, но это ждет немного, а что касается выводов — понятно, почему спасали девочек, и совсем непонятна связь Отверженных и Врага. Значит, надо будет выяснить, такое соседство мне не нравится.

— Витязь, продолжай движение по маршруту, — прошу я его, ибо сейчас занят.

— Необычно это все... — замечает Иришка, играя с малышками. — И опять девочки...

— И опять связь с Отверженными, — добавляю я. — Как котят назовем?

— Мурлыкательно, — хихикает она, вспомнив Сашку.

Ну, мурлыкательно так мурлыкательно, я не против. Сейчас придумаем имена маленьким котятам. Они у нас очень хорошие, и мы их, конечно же, любим. Дети же, как не любить? Иришка очень

Владарг Дельсат

хорошо это понимает, хотя поначалу, помнится, много плакала от нашей любви. Но мы разумные существа, и с нашей точки зрения иначе быть не может.

— Марфуша, — в задумчивости гладит котенка с белыми ушками Ириша. — Ну ты посмотри, ведь настоящая же Марфушенька.

— Согласен, — киваю я, гладя остальных, чтобы им обидно не было. — Тогда... Марина? — поименованный котенок радостно улыбается, будто уже понимает.

— И... — Иришка задумывается.

— Иришка тоже мурчательное имя, — сообщаю я любимой жене. — Пусть ее зовут как маму.

И вот тут любимая замирает, а затем плакать начинает. Она не в голос, конечно, а просто слезы по щекам текут, да только малышкам без разницы — мама же плачет, поэтому через мгновение у нас дружный рев. Ну и мы принимаемся успокаивать наших малышек, беря их на руки. Поесть они поели, иммунизацию им провели, поэтому можно отправляться в каюту.

— Витязь, детские кровати типа «люлька» в нашу каюту, пожалуйста, — прошу я, потому что потянуться к коммуникатору не могу — руки заняты.

— Выполняю, — коротко отвечает он.

— Сейчас мы малышек уложим, — ласково говорю я доченькам. — Колыбельную споем, и будут они спать, пока мама и папа разбираются с наследием...

Улыбаются, мои хорошие, комфортно им, а это самое главное. Дети должны быть накормлены, комфортно устроены и в безопасности. Это абсолютное правило Человечества, как и всех наших друзей. Нам нужно сейчас спуститься на один уровень, а там и наша каюта, где доченьки смогут поспать. Коридоры у нас, как и везде во Флоте, серо-зеленого или темно-зеленого цвета, поэтому взгляд не раздражают, ну а дети просто оглядываются по сторонам, но ничего интересного тут нет.

Платформа мягко опускает нас на уровень ниже, при этом коридор совершенно не меняется, поэтому все внимание малышек отдано нам. Пройдя по коридору, ныряем друг за другом в открывшуюся дверь. Детские кровати уже в каюте — полукругом вокруг нашей, чтобы удобно было укачивать. Один из шкафов исчез, а на его месте — комплекс кормления и массажа малышек. Уже почти уснувших дочек наших.

И вот снова в тишине звучит колыбельная, еще мамина. Знакомая мне с детства, она стала любимой колыбельной детей и внуков, вот и сейчас малышки позевывают, затем засыпая. Ласковая мелодия буквально заполняет каюту, навевая воспоминания детства, отчего тянет улыбаться.

Пока малышки спят, мы движемся по своему маршруту, время от времени выходя в Пространство. Пустота и тишина, что, в принципе, нормально, учитывая, где именно мы находимся: тут навигации нет, и в то время, в котором мы находимся, и не было. Ни пригодных для жизни планет, ничего.

— Выход, — предупреждает «Витязь», и тут просыпается мой дар.

— Маскировку на максимум, — командую я.

— Выполняю, — отзывается разум корабля, через мгновение демонстрируя мою правоту. Иришка приглушенно вскрикивает, попадая сразу же в мои объятия.

В системе с явно мертвыми планетами у одной из них заметен черный корабль, пристыкованный довольно древней переходной галереей к кораблю-переселенцу времен Первой Эпохи. Тогда галереи прозрачными были, и это позволит нам сейчас рассмотреть, что именно происходит.

— Телескоп, — звучит короткая команда.

Витязь и сам прекрасно понимает ситуацию, отчего галерея приближается, увеличиваясь на весь экран. И вот в ней видны... люди. Есть те, кто целеустремленно идет в сторону «чужаков» во вполне обычном комбинезоне, но глаз цепляется за другое — насекомовидное черное страшилище, сверху которого что-то торчит. Я трогаю сенсор приближения и вздыхаю, ибо нечто подобное предполагал еще со времени появления Настеньки с детьми.

— Это костюм, — озвучиваю я увиденное. — Поэтому получается у нас...

— Люди и есть Враг? — безмерно удивляется Иришка.

— Возможно, так было не всегда, — я задумчив, потому что не сходятся концы с концами. — Но люди как-то сумели договориться... То есть Отверженные, выходит... Витязь, поправь меня!

— А что тут поправлять, — совершенно по-человечески вздыхает разум корабля. — Очень похоже на то, что черные корабли населяют Отверженные. Был такой термин в древности: «пиратство», вот именно это и напоминает.

Корабль Врага отходит от галереи, явно собираясь двигаться по своему пути, ну и мы за ним. Раз Отверженные и Враг союзники... а чем еще увиденное может быть? Так вот, если они заодно, то, следуя за «чужаком», мы можем набрести и на Машины следы. А потом прыгнем туда, где жила Лика, хоть я и не думаю, что сестренка там. Есть у меня такое внутреннее ощущение.

— Следуем за ним, — озвучиваю я свое решение. — Установи метку.

Почти неслышно отстреливается метка, чтобы мы не потеряли Врага в субпространстве, затем «Витязь» занимает позицию преследования, а я на всякий случай активирую оружейный комплекс. Кто знает, что натворит «чужак», особенно если это Отверженные. Иришка все понимает, кивнув мне. Она выводит на экран изображение малышек, чтобы вовремя среагировать, если проснутся, дальше же мы скользим вслед за нарушающим правила навигации Врагом. Уход в субпространство прямо из звездной системы — это очень глупый шаг, и закончиться может непредсказуемо, но нам сейчас необходимо не выпустить Врага из визира, поэтому мы тоже нарушаем инструкции.

— Как ты думаешь, куда он летит? — интересуется у меня Иришка.

— Витязь не зря о пиратстве сказал, — замечаю я. — Возможно, это ему что-то напомнило.

— Напомнило историю Первой Эпохи, — сообщает мне разум корабля. — Вспомнишь историю, командир?

И тут до меня доходит. Историю я, конечно, давно изучал, просто очень давно, но вот произошедшее на заре расселения помню. Это все помнят: Отверженные тогда еще не были таковыми, но вот они решили, что грабить проще, чем созидать, принявшись нападать на корабли и даже планеты, пока наконец люди не собрались, чтобы наказать нехороших себе подобных. «Витязь» мне сейчас намекает именно на эту историю. Что же, вполне вероятно...

В субпространстве довольно скучно, мне мой дар ни о чем не сигнализирует, поэтому просто ждем. Интересно, конечно, куда и зачем летят эти неразумные, но мы это рано или поздно сами узнаем. Тем не менее я готовлю оружейную систему для уничтожения черного корабля. Инструкции написаны кровью, и, если обстановка внезапно станет боевой, не хотелось бы судорожно искать, чем защититься.

— Враг всплывает, — сообщает мне «Витязь» о том, что черный корабль выходит из субпространства. Вот тут оживает мой дар, буквально заставляя вжать сенсор накачки орудия главного калибра.

Медленно, не торопясь, текут секунды. Мы тоже выходим в Пространство, готовясь маневрировать. И вот тут я вижу, куда стремился черный корабль —

Владарг Дельсат

на помощь собрату. Очень знакомый мне внешне звездолет отбивается от атак Врага, к которому присоединяется и вновь прибывший. Странно, я и не помню, чтобы у друзей были сообщения о таких боях. Возможно, тогда, в нашей истории, корабль полностью уничтожили?

— Нападение на друзей, — констатирует разум корабля. — Принимаю сигнал бедствия.

Все, время размышлений закончилось. Мои пальцы пробегаются по сенсорам боевой консоли, главный калибр разряжается в сторону удачно висящих на одной линии кораблей Врага, после чего я добавляю им всем, что есть. Бой заканчивается как-то очень быстро, но это чистое везение — они не ожидали нападения с тыла.

— Маскировку отключить, — приказываю я. — Сигналы приветствия братьев по разуму по протоколу Первой Встречи. Нюзин в рубку.

— Но это же Друзья! — не понимает моих команд Иришка.

— Они стали Друзьями спустя три года, любимая, — улыбаюсь я ей. — А сейчас у нас как раз первая встреча.

— Принимаю сигнал, — сообщает мне «Витязь». — Приветствие и благодарность.

— На экран, — командую я и, встав из-за консоли, исполняю церемониальный поклон приветствия. — Здравствуйте, друзья! — улыбаюсь появившимся на экране.

— Здравствуй, — отвечает мне птицеподобное существо. — Мы не знаем тебя, кто ты, спасший нас?

— Я человек по имени Сергей, — объясняю я, а затем задумываюсь и говорю правду: — Мы встретимся только через три года. Но я не мог пролететь мимо.

Объяснив друзьям, что нахожусь в поиске «птенца из моего гнезда» — так звучит «член семьи» в их понятийной базе — рассказываю о Человечестве, наших критериях разумности, позволяя говорить и им. Хотя о друзьях мы знаем многое, все-таки столько лет, я жду, пока они выскажут свою часть приветствия братьев по разуму.

— Мы никому не расскажем, человек Сергей, о спасении, — произносит Акирл, так зовут моего нового друга. — До того срока, когда это будет уже можно.

Они отлично понимают опасность временных аномалий, потому действительно промолчат. Но вот что-то мне подсказывает, что точно так же было и в прошлый раз, а потому уже оправдано все, нами сделанное. Теперь бы еще Машутку найти, и будет совсем прекрасно.

— Вася, — трогаю я сенсор, — десант на обследование того, что от Врага осталось.

— Выполняю, — коротко отвечает Василий, но со связи уходит не сразу, поэтому мы с Иришкой еще некоторое время слышим отголоски его удивления на флотском наречии. Его можно понять, все-таки корабли Врага...

# Глава седьмая. Маша

УПАЛА Я НА ЖЕСТКУЮ, БУДТО КАМЕННУЮ ПОВЕРХНОСТЬ, и меня за малым чуть не раздавили большие гремящие чудовища с ярко сияющими светом глазами. Вдруг откуда-то появились выглядящие людьми существа, но ко мне не подошли, а столпились неподалеку, разглядывая, как будто я диковинка какая. Мне очень больно и страшно еще, а они просто стоят и смотрят.

Наконец что-то меняется. С пронзительным воем низко движущееся еще одно чудовище вдруг оказывается совсем рядом и затихает, а я надеюсь только на то, что меня не будут есть заживо. В этот самый момент ко мне кто-то подходит — я слышу шаги и зажмуриваюсь изо всех сил. Страшно так, что просто слов нет, чтобы рассказать, да и кто меня слушать будет...

— Ребенок сильно избит, — произносит женский голос. — Запугана еще, одежду не наблюдаю.

— Наверное, поигрались и выкинули из машины, — вторит ей какой-то мужчина. — Везем?

— Как будто варианты есть, — вздыхает она, эта незнакомая женщина. — Я перенесу.

Меня аккуратно берут... Не за волосы, а на руки, куда-то унося. Бережно несут, как будто я чем-то важна... По крайней мере, при этом бить не будут, потому что руки заняты. Меня кладут на ровную поверхность, чем-то укрывая. Я чувствую это, но глаза открыть боюсь. Мне очень страшно их открывать, а женщина вздыхает и проводит рукой по моим волосам, отчего я сжимаюсь.

— Да, сильно избита, — соглашается она с кем-то. — К тому же культи выглядят не слишком хорошо. Давай в детскую.

Прямо надо мной раздается вой неизвестного чудовища, а затем меня начинает мотать во все стороны и подбрасывать. Становится еще страшнее, но я не плачу, потому что, наверное, нельзя. Я не знаю, что со мной будет, желая только, чтобы убили быстро. Пусть меня не будут мучить, пожалуйста... Меня подкидывает как-то особенно сильно, так что сдержаться нет сил, я хриплю и проваливаюсь в темную реку.

Сначала меня несет темная река, а потом я вдруг обнаруживаю себя в чем-то, на школьный класс похожем. Ну, тот класс, из моего нереального сна. Там у меня были мама, папа и Сережа, а еще имя, только я уже не помню какое, но оно совершенно точно у меня было. Правда, сейчас его уже нет совсем.

— Учитель, кто это? — слышу я голос, вмиг распахивая глаза.

Передо мной стоит... Она на осьминога чем-то похожа, потому что есть щупальца, голова человеческая почти, только на ней три глаза, а снизу ноги видны. Я не боюсь эту неведомую девочку? Женщину? Не знаю... Но я ее не боюсь, потому что она совершенно точно не человек и мучить меня не будет. Мучить могут только люди, а еще могут отдать черному страшному, чтобы он съел. А незнакомка, она зеленоватая по цвету, поэтому и не страшная.

— Это юный творец, — рядом с нею вдруг появляется еще кто-то. — Не бойся, дитя, здесь тебе не причинят вреда.

— Я знаю, — киваю я ему, хотя мне больно это делать. — Вы же не люди какие-нибудь.

— Меня Краха зовут, — представляется та,

которая девочка, и... берет меня в щупальца. При этом мне так спокойно становится, как никогда не было, отчего я плачу.

— Люди... Это существа одного с тобой вида? — интересуется второй нестрашный. — Меня зовут Арх, я наставник творцов.

— А меня — объект четырнадцать двадцать два, — представляюсь я в ответ.

— Странное имя, — удивляется Краха, поглаживая меня так, что хочется улыбаться, хотя я, наверное, уже не умею.

— Это не имя, Краха, — вздыхает Арх. — Малышке совсем плохо среди существ своего вида. Наша история хранит такие случаи.

— Дикая цивилизация, — вдруг произносит она, а наставник творцов кивает.

В этот самый момент я перестаю чувствовать щупальца Крахи, внезапно обнаруживая, что меня кто-то будто тащит прочь, делая очень больно. Приходится смириться, просыпаясь. И вот я открываю глаза, обреченно думая о том, что ничего хорошего меня не ждет. Подергивает болью ноги, и руки почему-то очень слабые. Я лежу на чем-то не очень твердом, а рядом с тем местом, на котором я лежу, обнаруживается человек. Внимательно смотрящая на меня человеческая женщина будто выискивает что-то на мне, прикидывая, откуда начать мучить.

— Очнулась, — кивает она. — Как тебя зовут, и что это на номер у тебя на груди?

— Это мое имя, — тихо отвечаю я. — Объект четырнадцать двадцать два.

— Как имя? — сильно удивляется человечка и куда-то исчезает.

Я среди людей, значит, меня будут мучить и бить. Люди иначе не умеют, они доказали мне это, и быстрой смерти мне ждать незачем. Жалко, что так получилось, Аленка меня действительно хотела спасти, только не вышло. Наверное, это потому что я не из них, и вообще хуже зверей. Я никто... У меня есть только номер, и все.

— Вот, Валерий Юрьевич, — снова слышу я голос человечки. — Говорит, что она номер, который у нее на груди выжжен.

— Могла попасть к нехорошим людям, — произносит мужской голос. — Попробуем восстановить. В розыск же ее объявили?

— Объявили, да только какой сейчас розыск, — вздыхает человечка. — Говорят, на Нарвской рыцарей видели настоящих, полиция едва отбилась.

— Ну, пока мамонты не пошли, ничего страшного, — он явно смеется, а потом голоса отдаляются.

Я не знаю, что со мной будет, но лежу я явно не на полу, и пока не бьют. Я знаю, что это только пока, потому что убежать, да и сопротивляться я точно не смогу. Остается только ждать своей участи, какой бы она ни была. Почему-то хочется пожить еще хоть немного, пусть даже и так, но вряд ли мне это позволят. Вокруг меня люди, которые точно нелюди. Поэтому надо просто ждать, когда им захочется меня опять помучить, а пока просто буду наслаждаться временным покоем.

Тут место, в котором я лежу, поднимается, заставляя меня сесть, хотя я и сползаю — упереться-то мне нечем. Но меня останавливает чья-то рука, и тут передо мной появляется странная миска — белого цвета, и в ней что-то белесое. Наверное, это еда. Я наклоняюсь к миске, чтобы попробовать, потому что руки не поднимаются почти.

— Да, придется кормить, — этот голос я не знаю, он звучит совсем иначе, чем те, что были раньше. — Ну-ка, открывай рот!

Мне страшно от этой команды, ведь я не знаю, что сейчас будет. Я делаю что сказали, но сжимаюсь изо всех сил в ожидании боли. Боли почему-то нет, взамен мне в рот суют что-то продолговатое. Мне жутко так, что слезы сами текут по щекам, но закрыть рот я боюсь. Потому что, если что-то сделать без команды, будет очень больно, я уже это выучила... А боли я не хочу, да никто не хочет ее! Поэтому я уже дрожу, особенно услышав в голосе незнакомки злость.

Место, в котором я нахожусь, называется «больница». Я изучаю новые слова, хотя они и кажутся мне знакомыми, но какими-то не такими. Впрочем, меня пока не бьют, а только заставляют повторять эти самые слова. Я знаю, что не бьют только пока, но благодарна и за это. Продолговатая штука оказалась ложкой. Здесь едят не из миски, а этой самой ложкой, пользоваться которой я только учусь.

Несмотря на то, что разговаривают со мной спокойно и не делают больно, расслабляться я не спешу. Ну еще одежду дали... Она поначалу кажется незнакомой, но я быстро к ней привыкаю, как будто когда-то она у меня была, хотя это, конечно, фантазии. А вот ночи я всегда провожу в той комнате, где есть Краха, наставник и еще несколько разумных. Они не люди, поэтому там я могу расслабиться. Сейчас вот будет ужин, а потом я окажусь там, и можно будет даже поплакать.

Иногда мне кажется, что Сережа не был просто сном, даже вроде бы вспоминаю его руки, ласку, но вот лица не могу вспомнить никак. А еще я не знаю, что будет со мной дальше, а отношение здесь к таким, как я, разное очень. Доктора, они так называются, смотрят ласково, но равнодушно, а отдельные тетеньки как будто хотят услышать, как я буду кричать от боли. Но мне уже почти не страшно, потому что устаю я, и от страха тоже.

— Надо тебе дать имя, — произносит та тетенька, которая приносит поесть. Она, кажется, добрая. — Давай сделаем так: я буду называть имена, а ты скажешь мне, какое понравится, хорошо?

— Хорошо, — киваю я, хотя меня удивляет, что кто-то меня спрашивает.

Я беру в руку ложку, начав есть. Каша очень вкусная, хотя я, наверное, за такое доброе отношение и горькую ела бы. И вот пока я ем, она произносит какие-то слова. Наверное, это имена, ведь тетенька сказала, что будет имена произносить. Но для меня они просто слова, и ничего больше.

— Маруся, Марина, Мариша... — продолжает говорит эта тетя, и я чувствую, что она устала уже, но, наверное, из чистого упрямства не сдается. — Маша...

— Ой... — сообщаю я, потому что это слово мне знакомо. Оно мне кажется родным и каким-то очень близким.

— Отлично, будешь Машей зваться, — кивает она. — Фамилия у тебя будет Найденова, потому что настоящую мы точно не узнаем.

— А что со мной будет? — тихо спрашиваю я.

— Как научишься обслуживаться, — непонятно отвечает тетенька, — сядешь в коляску и в детский дом отправишься.

Я пытаюсь выяснить, что такое этот «детский дом», но она какие-то сказки рассказывает, так что я думаю: это именно то место, где мучают. Так что все хорошее в моей жизни скоро закончится. Впрочем, этого стоило ожидать, ведь я чужая им всем, не считающим меня равной им. Значит, скоро начнут бить и мучить, люди иначе не умеют. Вот и ужин закончился, кровать опускается, меня гладит эта тетенька, желая добрых снов.

Это значит, что я ее утомила, поэтому она сейчас просто выключит свет. Лучше всего будет, пожалуй, действительно поспать — кто знает, что меня ждет утром, а во сне есть Краха... Вот бы убежать к ней насовсем, но это, наверное, невозможно, потому что сон. Сегодня я знаю, о чем расскажу... О моем удивительном сне, где были мама, папа и братик, а еще не забыть об Аленке рассказать и о том, что она сделала. Может быть, они знают, как ее спасти?

Вот свет и погашен, сейчас надо закрыть глаза и представить Краху, потому что она очень хорошая. А ведь, скорее всего, мне приснится тот давний сон, в котором все очень тепло и радостно. Такого, конечно, не может быть, но во сне можно, наверное. Тем более что я теперь не объект, а Маша, потому что меня так назвали. Надо будет учиться отзываться на это новое название.

— Малышка, — едва закрыв глаза, я оказываюсь в теплых щупальцах. — Как твой день прошел?

— Здравствуй, Краха, — отвечаю я ей. — Меня сегодня назвали, поэтому я уже Маша. А еще пока не мучают и даже кормят, поэтому все хорошо.

— Здравствуй, малышка, — Арх появляется, как всегда, незаметно, но я его не пугаюсь, потому что он не человек и больно делать не будет. Он складывает щупальца в жесте заботы и гладит меня, отчего я улыбаюсь.

— Наставник, как она выжила? — тихо спрашивает качающая меня в щупальцах Краха.

— Малышка пробилась к нам, при этом доверившись, — негромко произносит наставник. — Значит,

Владарг Дельсат

в ее жизни были добрые существа, возможно, даже разумные, но это значит...

— Ее вырвали из родного мира? — удивляется мальчик, стоящий поодаль. — Но тогда...

— Дикие цивилизации способны на многое, поэтому мы с ними не разговариваем, — изобразив жест согласия, говорит Арх. — Но малышка действительно могла принадлежать другой цивилизации, а тогда ее ищут.

— Ничего совсем не понимаю, — жалуюсь я Крахе.

Она очень медленно начинает мне объяснять, что я могла родиться на другой «планете», не знаю, что это такое. И хотя я потеряла память, но где-то в глубине себя помню: бывает иначе, поэтому и верю им. А они будут меня учить, как убежать, если это станет для меня возможным. Аленка, получается, как-то оживила мой дар, поэтому я смогу убежать, если не будет выхода.

— Я бы к вам убежала, — признаюсь я, желая, чтобы сон продлился подольше.

Краха прижимает меня к себе, начиная рассказывать о том, что такое «творцы» и что именно у меня может получиться. Я еще, по ее словам, очень маленькая, поэтому мне сложно что-то делать, но что-нибудь получиться должно, потому что дар же есть. Я же рассказываю ей, что меня скоро передадут в то место, где будут мучить, потому что люди иначе не умеют.

— Попробуй сначала присмотреться, — советует она мне. — Вдруг они не настолько плохие?

— Они хорошие для себя, — объясняю я ей так, как это понимаю сама. — Просто я для них никто.

— Чужих детей не бывает, — абсолютно уверенно отвечает мне Краха.

От этих ее слов я плачу. Я просто не могу не плакать от тепла, с которым она ко мне относится. Краха меня будто бы заворачивает в теплое одеяло, в котором хочется остаться навсегда, но я знаю, что это невозможно. Арх и все они ищут ту «планету», на которой я оказалась, чтобы спасти меня, но пока не находят. Ну они же во сне, поэтому, наверное, и не находят. То место, в котором я живу, оно же не во сне...

Очень не хочется просыпаться, так бы и осталась тут навсегда, но комната бледнеет, я перестаю чувствовать щупальца Крахи, а это значит, что я возвращаюсь в жуткий мир, в котором я никто и ничто, хоть мне и дали название.

# Глава восьмая. Сергей

Можно сказать, я этого ожидал. Наши малышки лежат на наших с Иришкой руках, ибо ходить пока не умеют, а ползать почему-то не стремятся. Вэйгу говорит, что развитие нормальное, насколько может судить разум медицинского отсека, поэтому пока не беспокоимся. Доченьки играются с нашими пальцами, что не отвлекает меня от просмотра информации.

— Внутренность полностью человеческая, — резюмирует Василий, демонстрируя мне остаточки. — При этом наличествуют записи...

Он осекается, а я едва успеваю закрыть ладонью глаза ребенка, Ириша же резко разворачивается спиной к экрану. Продемонстрированный кусок записи объясняет абсолютно все, он страшен по сути своей. Вспоминая рассказы дочек, да и Иришкины, я замечаю сходство подхода, что говорит сразу о многом. Нет никакого Врага... Все беды, нападения на друзей — дело рук тех, кого мы зовем Отверженными. Тогда Настина история приобретает совсем другой оттенок. Другой смысл — более жуткий.

— Но разработка не человеческая, — замечает воин-аналитик десантной группы. — Получается, адаптация.

— Получается, — вздыхаю я, отлично понимая, что он имеет в виду. — То есть нашли сборочную линию и адаптировали...

— Есть координаты завода-матери, — улыбается с экрана Василий. — Наши действия?

— Сначала движемся к планете, откуда Лика происходит, — решаю я. — Работаем там, а далее уничтожаем завод. Ресурс у них нам известен?

— Пока нет, — качает головой командир десантной группы, затем командуя возвращение.

Блоки памяти из черных кораблей он надергал, значит, «Витязь» сможет определить, нет ли где еще «потеряшек». Они совершенно точно не доживут до помощи, потому надо будет шевелиться нам. Ну а пока я командую держаться прежнего маршрута по возвращении десанта. Сердечно распрощавшись с нашими друзьями, мы ныряем в субпространство.

Нельзя сказать, что я не ожидал этого. После рассказа Вити, после анализа всей доступной информации, после Насти и Лики этого следовало ожидать. Следовало ожидать связи Отверженных с Врагом, ибо только так объяснялся факт нацеленности на наших предков. Выходит, где-то со Второй Эпохи... И большинство наших потерь произошло именно поэтому. Что же, теперь важно только уменьшить поголовье черных кораблей и найти наконец Машу, хотя чует мое сердце, нам еще долго летать...

— Выход, — предупреждает меня «Витязь». — Маскировка включена.

— Немногословный ты какой-то, — комментирую я.

— Так и ты, командир, не зеленый мальчишка, — отвечает он мне.

Что же, справедливо... Сейчас мы выходим именно в той системе, где содержали Лику и котят, поэтому мне понадобится максимум внимания, но и малышек оставлять нельзя. Ничего, повисим в стороне, а дочек в манеж определим, посидят там, пока мама с папой будут разбираться, что происходит.

— Она точно не там, — за секунды до выхода произносит Иришка.

Она у меня интуит, сильный причем. И если любимая чувствует именно так, значит, Машку нам искать еще долго. Что-то подобное мы все предполагали, поэтому не отчаиваемся. Вот серость субпространства сменяется картиной Пространства, взгляд находит практически сдвоенные планеты, знакомые мне по записям, но выглядят они иначе, и я трогаю сенсор определителя.

— Не понял, — констатирую, наблюдая ответ системы. — Как так «планеты пусты»?

— Видимо, они оказались здесь позже... — задумчиво произносит Иришка. — Полетели по точкам, так будет правильно.

Это означает — по всем случаям, отмеченным во чреве черных кораблей как места нападений. Во-первых, так мы можем найти выживших, а, во-вторых, возможно, узнаем, где искать Машеньку. Мысль, по-моему, очень даже хорошая, поэтому я выдаю свое решение «Витязю». Экран снова становится серым, а мы с Иришкой поднимаемся с мест — надо котят кормить, массировать, играть с ними и спать укладывать. Ежедневная родительская работа.

Вот помню, когда малышек было двадцать и Иришка сама пугалась всего на свете, вот это

Владарг Дельсат

было непросто, а теперь у нас и опыт, и знаний навалом, ну и любимая моя успокоилась давно, так что можно не волноваться. А нужно спокойно топать в сторону... каюты. Потому что автомат кормления у нас в спальне и он больше костюм для Иришки — малышки ее рук не покинут, а я с помощью специальной щеточки буду их «вылизывать».

Вот и каюта. Малышки уложены в одну кровать, стоящую поближе. Иришка входит в костюм, сразу же щелкнувший, и я по одной передаю котят в мамины манипуляторы. Кормить их можно одновременно, чем мы сейчас и займемся. Тихо жужжит, подогревая смесь, автомат кормления, лупают глазками котята, но не боятся, о чем свидетельствуют их ушки, и вот наконец начинается таинство кормления.

Забирая наевшихся котят, я провожу щеточкой несколько раз по животику каждой, чтобы они могли от воздуха избавиться, — физиология у них немного все же отличается — после чего глазки у них закрываются. Они у нас сейчас способны только есть, спать и немного играть. Пока это все, на что хватает доченек. То есть ведут себя как максимум месячные, но что мы знаем о их расе?

— Поедим и посмотрим, что у нас дальше, — предлагаю я Иришке.

— Детский сад у нас дальше, — хихикает она, опять интуитивно что-то почувствовав.

Расспрашивать я, впрочем, не решаюсь, укладывая наших котят спать. Посидим с ними, а потом двинемся в рубку, ибо «Витязь» бдит и позовет, если что. В рубку нам пока, кстати, не надо, а расшифровку данных на блоках памяти «чужих», хотя какие они чужие... Так вот, расшифровку можно посмотреть и отсюда. Точнее даже не саму расшифровку, а выжимку. И вот в этой самой выжимке что-то бросается мне в глаза. Я внимательно рассматриваю строку, сразу же подведя к ней курсор, чтобы получить дополнительные сведения.

— Ириша! — негромко зову любимую, показывая на экран.

— То есть, как у нас? — удивленно спрашивает она.

— Как у вас, — киваю в ответ. — Только масштаб другой.

— И что будем делать? — интересуется моя Иришка, уже понимая, что именно я отвечу.

Мы пройдем по всем точкам нападений, с надеждой на то, что где-то отыщем и Машку, но к тому же надо спасти кого возможно — взрослых, детей, без разницы. Мы разумные существа и готовы спасти всех, кто дождется нашей помощи, потому что просто не умеем иначе.

Где же ты, Машенька?

Нᴀ ᴇᴋᴘᴀнᴇ ᴏᴄᴛᴀнᴋи ᴄᴜдᴇᴀ. Нᴇᴏᴜ̆ᴜ̆нᴀя яᴘᴋᴏ-ᴜ̆ᴇᴧᴀя окраска сразу же намекает на страницу человеческой истории. Живых на нем и в окрестности нет, а спасательные капсулы все на борту, потому что они и понять ничего не успели. Звездолет «Альбатрос» был потерян на исходе Третьей Эпохи, и все попытки его найти успехом не увенчались. И вот он висит в пространстве перед нами.

— Живых нет, — приговором звучат слова Василия. — Возвращаемся.

Две сотни детей до пяти лет и сотня взрослых были жестоко, безжалостно убиты в одно мгновение. Об этом говорит состояние обнаруженных десантниками тел. «Альбатрос» никто не собирался захватывать — просто убили, и все. Именно это не просто страшно, а жутко по самой своей сути. Мы можем только отдать дань памяти погибшим, сохранив запись для Человечества. Сколько еще таких памятников жестокости нелюдей увидим мы на своем пути?

— Прыжок, — командую я, обнимая расплакавшуюся Иришку.

— Выполняю, — откликается «Витязь».

Где в бесконечном Космосе искать Машеньку? Где она может быть, украденная нелюдьми, наверняка замученная, но живая. Какой она предстанет перед нами? Нет ответа на эти вопросы... Почему Творцы утверждали, что никто, кроме меня, не найдет? Может быть, сестренка на дикой планете? Надо будет учесть, а пока успокоить любимую. Увидят малышки мамины слезы — реву будет...

— Витязь, как считаешь, почему Творцы считают, что сестру могу найти только я? — интересуюсь я у корабельного разума.

— Недостаточно информации, — отвечает мне «Витязь».

Значит, я ничего не упустил. Или информация появится позже, или ее у нас в принципе нет. То есть пока имеем тупик. Корабли Отверженных используются ими давно, причем именно для того, чтобы скрыть авторство нападений, насколько я понимаю. При этом мне неясно, зачем это вообще нужно, если, конечно... Потом подумаю эту мысль, мы уже на новой точке.

Система из двух планет, одна — каменный шар, безо всяких следов атмосферы, вторая вполне может быть обитаема. Звезда небольшая, явно юная, при этом «Витязь» сообщает о том, что планета излучает. Не в современном диапазоне, конечно, но тем не менее. Поэтому я запускаю анализ передач, идущих с планеты, и жду вердикта разума корабля. Я уже не юный курсант, совершенно растерянный и ограниченный со всех сторон инструкциями, поэтому спокойно даю команду на анализ и запрос выжимки оного. К планете мы не приближаемся, маскировка у нас на максимуме, и мы точно никого не беспокоим. Интересно, куда делись останки корабля, на который напали, судя по времени, совсем недавно, чуть больше стандартного года прошло.

— Анализ, — предупреждает меня «Витязь». — На планете находятся выжившие пассажиры корабля, атакованного Врагом. У них какая-то проблема, решить которую они не в состоянии. Раса неизвестна.

— Не дикари, — резюмирую я. — Снять маскировку, включить сигналы дружелюбия и приветствия по протоколу Первого Контакта, запросить, чем мы можем помочь. Нюзин в рубку.

— Не дикари, — соглашается со мной разум корабля.

Вот тот факт, что раса неизвестна, меня несколько тревожит, ибо всех своих соседей мы знаем. То есть ситуация уже необычная. Нюзин появляется моментально, как будто освоила мгновенные перемещения. Она внимательно смотрит на экран, затем запрашивает «Витязь», получая доступ к данным сканирования и перехвата, и вот тут уже удивляется. Квазиживые обладают эмоциями, они такие же разумные, как и мы, только созданные, но не меняет это совершенно ничего.

— С большой вероятностью это раса Лаэрт, считающаяся полностью исчезнувшей, — резюмирует наш специалист по Контактам. — Их базовая система погибла, а те, кто смог спастись, по неизвестной причине вымерли, уничтожив свое потомство.

— Еще интереснее, — отвечаю я, понимая, что с определением дикости несколько поторопился, ибо если раса может нанести вред своему потомству...

— Принимаю модулированный сигнал, — сообщает «Витязь». — Язык имеется в базе, подключаю.

— Разумные! — раздается в трансляции. — Просим эвакуировать детские особи!

— Не понял, — сообщаю я в пространство, но тут за дело берется Нюзин.

Она довольно быстро находит общий язык, расспрашивая просителя, при этом удивляясь очень явственно. Глаза у нее становятся очень большими. Впрочем, понять ее можно, ведь мы сталкиваемся, по сути, с особенностями расы. Лаэрт не могут принять чужих детей генетически. Они выталкивают их из своего общества, поэтому осиротевший ребенок часто погибает. При этом, если подобное происходит на глазах разумного, он сходит с ума от осознания произошедшего.

— А раньше как решали эту проблему? — не понимаю я, что Нюзин и уточняет.

— Отдавали своим друзьям, — резюмирует она ответ. — Нас просят забрать выживших.

— Человечество примет всех, — спокойно отвечаю я. — Так и передай.

— Мы посылаем выживших к вам, — реагирует один из последних представителей расы.

— Выживших? — удивляется Иришка, и я понимаю, что она имеет в виду.

— Вэйгу, готовность, — реагирую я на невысказанное продолжение. Дети могут находиться в очень тяжелом состоянии, поэтому нам важно их принять и вылечить.

Какой-то странный у нас полет — с эвакуацией детей постоянно связанный. В том прошлом они наверняка погибли, а в этом будут жить, а у нас, похоже, прибавится дочек и сыночков. Что же, значит, такова наша судьба.

— Возможно, Творцы имели в виду именно это,

— замечает Ириша. — Ведь ты у меня совершенно особенный. Это еще малышки заметили.

Я даже и не знаю, что ей ответить, когда слышу доклад о приближении неизвестного планетарного катера, судя по размерам и отсутствию прыжкового двигателя. Наверное, это и есть дети, не нужные своей собственной расе. Любимая резко встает с места, явно желая бежать в сторону дока, я же понимаю: она интуит и чувствует правильную схему действий. А я ей доверяю, потому присоединяюсь. Мы движемся почти бегом, но мне не дает покоя высказанная Иришкой догадка. Возможно, настаивали именно на нас, чтобы спасти детей? Но чем мы отличаемся? Мы обычные представители Человечества, ничего особенного.

Думаю, рано или поздно нам представится возможность узнать, чем именно мы отличаемся, а пока надо бежать. Просто спешить к катеру, раз уж Иришка так остро чувствует необходимость этого. Интуиты вообще крайне редко ошибаются, и это вторая причина, почему я полностью доверяю ее мнению.

## Глава девятая. Маша

Куда-то мгновенно пропадают те, кто пытался говорить с добрыми интонациями. Вместо них появляются злые и равнодушные. Меня усаживают в кресло такое, с колесами, в котором я могу теперь двигаться. Это хорошо, что двигаться можно, потому что я теперь имею шанс попытаться убежать. Не знаю куда, но надежда уже есть. Однако я задаю вопросы, а это очень злит равнодушных людей, ведущих себя теперь почти так, как я ожидаю. Видимо, им надоела прошлая игра, и теперь меня будут мучить.

— А как мне ходить в туалет? — интересуюсь я.

— Вот ведь тупая калека! — зло отвечает тетенька, явно желая меня ударить, но что-то ее останавливает. — Придет сестра, все покажет.

«Сестрами» они называют других тетенек, раньше те были добрыми и даже кормили, а сегодня у меня была слабость утром, но кормить меня не стали, а просто намакали в тарелку. Ну, носом намакали, я даже расплакалась от неожиданности, а та самая «сестра» рассмеялась. И тут я все поняла.

Пришедшая тетенька быстро показывает мне, как пересаживаться, а когда я пытаюсь сделать это сама, с силой бьет меня по голове, отчего я слетаю с кресла и, больно ударившись, сжимаюсь. Сейчас меня изобьют, ведь люди иначе не умеют. Но почему-то она не избивает, а просто уходит, а я плачу. Я почти им поверила же, а они просто играли. Играли мною, как куклой, а сейчас им больше неинтересно, поэтому будет больно. Это очень обидно, хотя я же не ожидала от людей ничего хорошего! Почему тогда так больно в груди?

На улице временами слышны какие-то крики и шум, а потом они исчезают, как будто все умерли. Я с трудом залезаю обратно в кресло, которое они называют «коляска». Было у меня тут совсем немного хорошего, но затем оно закончилось. Вот теперь больше ничего хорошего не будет, я это точно знаю.

— Эта калека? — с каким-то отвращением

произносит незнакомый голос, и я поднимаю взгляд, вздрогнув.

Передо мной стоит женщина в чем-то сером, я не могу разобрать, в чем, она смотрит на меня с предвкушением. Я понимаю: сейчас меня заберут, чтобы мучить, и сопротивляться бесполезно. Да и не смогу я сопротивляться, даже убежать не получится — после удара «сестры» перед глазами все двоится.

— Эта, — кивает какой-то дядя, совсем не глядя на меня. — Можете забирать.

Люди страшные, я это очень хорошо осознаю — нет никого страшнее людей. Меня, совершенно не заботясь о том, во что я одета, вывозят на улицу, где очень холодно. То, что от ног осталось, сразу же сковывает холодом, и я дрожу, потому что ужасно больно, но им все равно. Выдернув из коляски за шиворот, эта тетя бросает меня внутрь какого-то чудовища, где уже лежат трое... Двое из них непохожи на меня, у них строение отличается. Кажется, для таких есть отдельное название, только я его не знаю.

Заревев, чудовище, внутри которого я нахожусь, начинает дрожать и подпрыгивать, отчего у меня кружится голова. Моя соседка и эти двое странных молчат, хотя один из них, кажется, не дышит совсем. Что происходит и что будет дальше, я не понимаю, а спросить некого, мне просто жутко страшно, и все. Вдруг чудовище с каким-то скрежетом замолкает, кто-то кричит, а затем вдруг появляется свет. Я вся сжимаюсь и стараюсь даже не дышать. Что-то громко щелкает.

— Ничего нет, одни трупы! — кричит какой-то дяденька, а потом свет пропадает.

Я лежу очень тихо, стараясь не шевелиться, хотя уже не так темно, потому что в стенках дырки есть. Их сначала не было, а теперь они дают немного света. Я оглядываюсь, и вижу, что никто не дышит, даже тот, выглядевший иначе. У него на месте третьего глаза дырка в голове. Значит, я пока одна живая. Лучше я тут останусь, а потом, когда людей станет меньше, попробую убежать.

Потом что-то вдруг взревывает, опять становится светло, но на этот раз никто не кричит. Моих спутников просто берут на руки, вынося наружу, сначала того, у которого строение отличается, потом того, с дыркой, а следом девочку, которая рядом была. Я понимаю: теперь моя очередь, но мне так хочется еще хоть немного пожить, что я стараюсь уползти. Это, разумеется, не помогает, но...

— А эта жива, тащ командир! — слышу я вполне понятно говорящий голос, полный удивления.

Открыв глаза, я вижу вокруг людей в одинаковой зеленой одежде. Меня на руках тетенька держит, как-то очень ласково глядя. Она молчит, но прижимает меня к себе, отчего я всхлипываю. Я устала, на самом деле, и хочу только, чтобы все поскорее закончилось, но вряд ли меня просто так убьют. Люди же.

— Ампутация недавняя, — заявляет та, что держит меня на руках. — Вполне могли и в аномалии, так что...

— Но взять ее с собой мы не сможем, — качает головой какой-то дяденька. — Поэтому надо в бункер, он от аномалий защищен.

— Да щаз, — совсем непонятно отвечает ему другой — у него волосы белые, значит, он «старик», как на картинке. — Не существует защиты от темпоральной аномалии.

Его не слушают, а просто перекладывают меня в другое чудовище. Тут же обнаруживается и моя коляска, а больше пока ничего не происходит. Мне ничего не говорят и не объясняют, как будто меня тут нет. Наверное, так оно и есть, меня для них не существует, ведь я «объект». Я объект четырнадцать двадцать два, а они подлые, коварные, жестокие люди, наверняка готовящиеся меня мучить.

Мне остается только покорно ждать своей участи, но тут вокруг начинают разговаривать о том, что «аномалии участились» и «планета скатывается в дикость». Для меня эти слова не значат ничего, но я их запоминаю, чтобы потом рассказать Крахе, ведь она все на свете знает и точно понять сможет, не то что я.

Чудовище, в котором я нахожусь, рычит совсем иначе, отчего я даже сначала пугаюсь, но меня не едят пока, значит, все в порядке. Ну а если избить захотят, то я все равно же ничего не смогу сделать, поэтому стараюсь не раздумывать об этом. Меня в этом чудовище не подбрасывает, а мерно покачивает, отчего я, кажется, засыпаю, потому что перед моими глазами появляется какой-то совершенно волшебный город, полный удлиненных объектов, о которых я знаю, что это дома. Ну, во сне знаю. А еще меня обнимают родные руки, и ласковый голос обещает никогда не оставить сестренку, не знаю почему. Сон настолько волшебный, необычный, что я даже дышать забываю. И вот тот голос во сне обещает обязательно меня найти, что бы ни случилось. И я ему... верю.

Краха качает меня в щупальцах, а я все рассказываю. Я говорю о том, какими равнодуш-

Владарг Дельсат

ными все стали и как умерли дети рядом со мной. Арх при этом складывает щупальца в жесте обеспокоенности — я уже умею различать их сигналы, да и нет ничего в этом особенного. Краха покачивает меня в щупальцах, еще и гладит по голове, успокаивая, а я все говорю.

— Что это, наставник? — удивляется она.

— Это временная аномалия, — отвечает он, делая такой жест левым щупальцем... Ну, человек бы вздохнул. — Значит, смешение эпох, взглядов, людей... Наша малышка в опасности.

— Наша малышка всегда в опасности, — повторяет Краха его жест. — Что мы можем сделать?

— Можно подогнать аномалию, — произносит Арх. — Если маленькая сумеет понять, когда начинается смещение, она силой своего дара сумеет сместить аномальную зону не в прошлое, как это происходит обычно, а в будущее. А там есть шанс встретить более разумное существо.

— Значит, научим, — скрестив щупальца в жесте согласия, отвечает ему Краха.

И тут мне начинают медленно объяснять, показывая жесты, что можно сделать, если в том месте под названием «бункер» вдруг все начнут меняться. Повторяя по нескольку раз, меня просят делать то же самое, произнося какие-то непонятные мне звуки и представляя «космический корабль». Тут я сразу говорю, что не знаю подобного, даже не спрашивая, зачем мне обязательно это представлять.

Арх зовет другого не людя, и передо мной в воздухе появляются разные... объекты. Они длинные, круглые и совсем уже неописуемые, но я, как послушная девочка, рассматриваю их, пытаясь запомнить. Наставник говорит, что вошедшая в такую аномалию планета, скорее всего, самоуничтожится, потому что люди могут сойти с ума. Мне не очень это понятно, но я не переспрашиваю.

Почему-то я принимаю спокойно сны с Архом, Крахой и другими, ведь они не люди. Вот если бы мне люди снились, я бы, наверное, плакала. А так мне очень хорошо и спокойно на душе, пока людей вокруг нет. Наверное поэтому мне показывают те самые «корабли», чтобы, если я сумею найти такой, могла бы оказаться там, где нет людей. Пусть вообще никого не будет, только бы не люди...

Из сна меня вырывает боль. Кто-то делает мне очень больно, заставляя кричать, даже рычит, кажется, но затем что-то происходит, и я... Все звуки исчезают, я поднимаю голову, чтобы увидеть странное марево посреди комнаты, куда меня вчера уложили. Боль все еще заставляет подергиваться меня всю, поэтому я плачу. Но в комнате точно никого нет. Что же произошло? Кто рычал?

Владарг Дельсат

Медленно открывается дверь, и вдруг становится очень светло. Ко мне подходит какая-то тетя в зеленой одежде, она смотрит на меня и всхлипывает.

— Медика сюда, быстро! — кричит эта тетя, обернувшись назад, а я просто закрываю глаза.

Я не хочу знать, что они собираются со мной делать, все равно у меня нет никакой возможности сбежать. Только бы убили побыстрее. Но меня, кажется, не собираются убивать, а куда-то несут, причем на руках. Мне все равно очень больно, поэтому я погружаюсь в уже знакомую мне черную реку. Наверное, надо было сделать то, о чем Арх рассказывал, но я просто растерялась и очень сильно испугалась. Поэтому теперь я опять во власти страшных людей.

— Что с тобой сделали, малышка? — тихо интересуется эта самая тетя, которая меня в руках держит.

— Я не знаю, — отвечаю ей. — Только очень больно.

— Что там? — спрашивает она кого-то.

— Эх... — слышу я чей-то ответ, а потом несколько слов, которые не понимаю. — Неспроста целят именно в нее, надо понять, почему.

Я в не понимаю сказанного этими... людьми, хотя могла бы и догадаться. Оказывается, я единственная, кто пострадал, и этим, в зеленом, очень интересно, почему случилось именно так. Я очень боюсь того, что может быть связано с их интересом, но отлично понимаю: выхода нет. У меня нет никакого выбора, и даже что-то сказать я не могу. Это же люди, им очень нравится мучить таких, как я, пусть даже и ведут они себя со мной получше других. Но какая разница, как именно будут мучить?

Меня приносят в какое-то помещение, где все белое — и стены, и лежанка. Я вспоминаю, как мне делали больно в точно таком же помещении, и понимаю, что хорошая жизнь полностью закончилась и теперь будет только боль, и ничего больше. Опять будут бить, кормить из миски, отнимут даже это название «Маша», и так будет до самой смерти. Вспоминается искренне пытавшаяся мне помочь Аленка. Мне очень жаль, что ее жертва оказалась напрасной, ведь я попала к людям, а они меня убьют.

Со мной что-то делают, я не понимаю, что именно, но мне все равно. Иногда мне больно, иногда очень страшно, но я все больше осознаю себя «объектом», совсем не живым существом, а вещью, у которой есть только номер. Я боюсь боли, но знаю, что она обязательно придет. Может быть, не прямо сейчас, но они просто не умеют иначе. И вот когда мне делают особенно больно, что-то

Владарг Дельсат

меняется вокруг, появляется непонятное марево, а люди будто исчезают, и я повторяю те движения, направляя воображаемое нечто в руки. У меня нет щупалец, рукам трудно так изогнуться, но я стараюсь изо всех сил. Вокруг что-то меняется, мне, по крайней мере, так кажется. Видимо, меняется не слишком быстро, потому что меня вновь оглушает ударом, и сквозь звон в ушах я слышу, как разговаривают... они.

— Ты хочешь сказать, что временная аномалия — это ее вина? — удивляется та тетя, что меня носила, я ее по голосу узнаю.

— Очень похоже, — вторит ей какой-то незнакомый дядя. — Оба раза аномалия возникала вокруг нее, и оба раза она уцелела. Так что, возможно, достаточно ее удалить, и...

— Я не позволю ее убить, — говорит ему эта тетя. — Придумай что-то другое.

— Я могу убить и тебя вместе с ней, — слышу я злой голос, но раздается какой-то очень громкий щелчок, и что-то падает.

— Убивалка не отросла, — зло произносит тетя, а затем довольно грубо, но не за волосы, хватает меня, чтобы куда-то унести.

Я боюсь пошевелиться, только тихо попискиваю, потому что она делает мне больно, а эта тетя рычит какие-то злые слова, и я понимаю: она меня хочет съесть, потому что другого варианта у меня нет. Все, что говорит эта тетя, страшно пугает, но потом она меня просто бросает куда-то.

— Лежи здесь! — приказывает она, как будто у меня есть выбор. — И если аномалия возникает из-за тебя, то молись!

Я оказываюсь в чем-то железном, совершенно непонятном. Как-то очень громко с железным лязгом захлопывается дверь, а я просто плачу, потому что уверена: меня теперь совершенно точно убьют. Я даже проговариваю это вслух, а потом нащупываю какой-то рычаг и тяну за него, чтобы привстать и оглядеться, но он неожиданно идет вниз, что-то громко ревет, а потом на меня падает потолок, желая раздавить в кашицу.

# Глава десятая. Сергей

В медицинских капсулах пять девочек и два мальчика в возрасте навскидку пяти-семи лет. При этом мальчики более девочек истощены, и что-то это значить должно. Физиология вполне человеческая, по мнению Вэйгу, внешний вид отличается, но не сильно: строение глаз, ушей, конечностей. Скорее всего, дети травмированы, так что надо будет обращаться с осторожностью, что нам не в новинку.

— Древние сказки напоминает, — подает голос Иришка, как и я, разглядывающая детей.

— Это об истощенных детях? — интересуюсь я, потому что с такой расой мы точно не встречались.

— Об истощенных детях — это быль, — вздыхает любимая. — А сказки — о волшебных существах Праматери, которых описывали примерно так же: большие глаза, острые уши...

— Витязь, — обращаюсь я к разуму корабля, — найди соответствие внешнего вида детей сказкам Праматери.

— Тоже об этом подумал, — отвечает он мне, что означает — квазиживой мозг развивается. — Люди в период дикости называли существ, похожих на этих детей, «эльфами». Человечество с этой расой не встречалось, изображений не сохранилось.

То есть действительно сошли с ума. Вполне возможно, если у них генетическое неприятие «чужих» детей, с которым они ничего не сумели или не захотели сделать, при этом гибель ребенка воспринимается трагедией, тогда действительно могли и с ума сойти. Странная перекошенная цивилизация. Впрочем, я думаю, причина вымирания была в малочисленности колонии, а не в сумасшествии. Все-таки прошло всего ничего лет, могли их просто не найти.

— Витязь, отметь координаты планеты, — прошу я разум корабля. — Как вернемся, надо будет...

— Принято, — отвечает мне «Витязь», без специальной команды возвращаясь на прежний, уже установленный курс.

Дети выглядят сильно некормлеными, но хотя

бы не избитыми, о чем свидетельствуют протоколы медицинских капсул. Мальчики находятся на пороге гибели, две девочки тоже, поэтому сначала для всех восстановление, а потом уже начнем будить и рассказывать, что отныне у них есть мама и папа. Насколько я понимаю, о них просто постарались забыть, так что цивилизация в нашем понимании все-таки «дикая».

— Пойдем в рубку, — предлагаю я Иришке. — Вэйгу здесь справится, а им не меньше недели спать.

— Вэйгу справится, — подтверждает разум медицинского отсека. — Маркер иммунизации отсутствует.

— Еще бы… — вздыхаю я. — Вот пусть и наберут достаточный для иммунизации вес.

— Разумные любят ходить по граблям, от расы это не зависит, — комментирует Нюзин.

Тут я с ней согласен. Зачем-то существа различных рас буквально копируют ошибки, хоть друг друга и не знают. Возможно, таков путь развития разума? Но оставим философию ученым — у нас более важная задача. Надо найти иголку в стоге сена, то есть сестренку мою в бесконечном пространстве. Как ее искать, я себе просто не представляю, но сейчас мы идем в сторону завода Отверженных, чтобы остановить производство черных кораблей, ну и посмотреть на ту самую планету, которую пометили они в своих базах как «мир развлечений». Зная Отверженных, опыт нам не понравится.

— Командир, у меня новости есть, — сообщает мне почему-то Василий. Обычно по новостям у нас «Витязь», а раз командир десанта со мной связывается, то показать что-то хочет.

— Встретимся в рубке, — реагирую я на невысказанный вопрос.

— Договорились, — соглашается он.

Несмотря на субординацию и кучу традиций, вне боя у нас отношения вполне дружеские. Нет смысла ходить строем по коридорам корабля, да и я так себе офицер — больше наставник, отчего предпочитаю относиться к людям по-доброму. А живые они или квазиживые, это роли не играет. Возможно, еще и поэтому выбрали именно нас с Иришкой — не военные мы ни разу.

Вот и рубка... Серый экран указывает на движение в субпространстве, индикаторы сплошь зеленые, что говорит о полной исправности систем. Иришка привычно усаживается в кресло навигатора — ей подумать надо. Мне тоже надо бы, но ко мне уже спешит Василий, как я вижу от дверей рубки — не с пустыми руками. Быстро он добрался.

— Вот, — лаконично сообщает командир

десанта, ставя на свободную поверхность небольшой куб черного цвета, сантиметров двадцать в высоту.

— И что это? — интересуюсь я, понимая, что данный предмет тут не просто так.

— С помощью этой штуки Отверженные могут определить дары и их носителей, — объясняет мне Василий. — Если его к внешним сенсорам подключить — накроем систему, а если воткнуть фильтр по генокоду...

Я понимаю, что он хочет сказать. Именно это объясняет, почему послан был я. Выходит, Творцы знали о такой возможности. Генокод у Машеньки соответствует моему, поэтому, прыгая по системам, мы можем ее найти. Другое дело, что все системы не отпрыгаешь, но нам все и не нужны — только локализация живых, «диких» или Отверженных. В отношении последних, спасибо адмиралу, у нас все координаты есть, ибо искали их очень серьезно и выловили всех.

— Василий, останься, — прошу я его, потому что совет мне скоро понадобится, я это чувствую. — Витязь, установи прибор надлежащим способом, — прошу я разум корабля.

— Есть, понял, — Василий буквально падает в кресло оператора оружейных систем. Это тоже инструкция Флота, поэтому ничего удивительного в том, какое место он выбирает, нет.

В рубку въезжает робот, посверкивая сочленениями. У него разума не имеется, да и мозга как такового тоже — прямое управление. Я выдаю ему куб прямо в манипуляторы, после чего он удаляется — устанавливать, подключать, настраивать. Ответ на вопрос, как Отверженные обнаружили именно Машку, получен, так что теперь можно ее отыскать с помощью той же технологии. У меня появляется надежда найти сестру в более-менее адекватные сроки.

Зачем я попросил остаться Василия... Он военный, кроме того, отлично разбирается в наших системах вооружения. Видимо, с заводом мне нужна будет консультация именно по этим системам. Что же, логично, несмотря на то, что это среагировал дар. Вопрос только один: куда идти после завода? Что, если и там не будет обнаружена Маша?

Думать о том, что в системе могут быть и другие дети, я пока не хочу, потому что это даже не вопрос. Здесь и сейчас я представитель Человечества, так что вопрос даже не стоит. Но при этом мне нужно постараться не нарушить естественный ход времени, потому что иначе домой мы не вернемся, лишь в альтернативную реальность. Это не соответствует самой сути нашей задачи.

Владарг Дельсат

ЧЕРЕЗ ПЯТЬ МИНУТ ВЫХОД В ПРОСТРАНСТВО, А Я размышляю о том, что нам рассказал «Витязь» по итогам расшифровки блоков памяти черных кораблей. Выводы получаются не самыми приятными. Отверженные изначально договорились с Врагом, поставляя ему «продукты питания». Что это были за продукты, Витя нам уже рассказал, да и Настя с детьми тоже. Когда Витька уничтожил основной корабль Врага, Отверженные сумели взять под контроль осиротевшие автоматические модули — те самые черные корабли, которые мы и наблюдали. Далеко не сразу они это сделали, а спустя почти две Эпохи, но смогли, применив для своих «нужд». То есть, во-первых, мы все еще в основном временном потоке, а, во-вторых, Отверженных нужно уничтожить. Вопрос в том, смогу ли я нажать сенсор огневого поражения?

— Выход, щиты на максимуме, маскировка в особом режиме, — предупреждает меня «Витязь», показывая тем самым, что время размышлений закончилось — впереди бой.

— Анализ системы, — настает время коротких команд и быстрых решений.

— Три планеты, одна типа Драконии, — сообщает мне разум корабля. — Анализ говорит об искомом заводе в районе второй планеты.

Я смотрю на экран, понимая, что он прав: с десяток черных кораблей у занимающего половину планеты производственного комплекса непривычных очертаний. Бросаю взгляд на новый экран — Маши в системе нет. Точнее, нет никого с даром, похожим на ее, даже фильтровать нечего. Но вот настолько большой завод орудиями не уничтожишь, а что делать с планетой?

— Вася, предложения есть? — интересуюсь я у командира десанта.

— Есть у нас такая штука... — задумчиво произносит он. — Нам ее новые друзья передали. По идее, она используется для расчистки астероидных полей, но вот если вжарить по планете, почти с гарантией уничтожит. Правда, достанется всему, что в радиусе астроединицы, но в нашем случае это скорее плюс. Гравитационная мина.

Я запрашиваю параметры и радиус поражения в проекции на экран, понимая — Василий прав. Если все получится правильно, то сметет и черные корабли с орбиты третьей планеты, которая может быть вполне обитаемой. Значит, следует принимать именно этот план, ибо другой вариант предполагает безнадежный бой, а у нас на борту дети.

— Рассчитать безопасную зону, — произношу я,

Владарг Дельсат

осознавая, что на заводе могут быть живые, но... Не зря меня долго учили, и что такое «опасность для Человечества», я понимаю очень хорошо. Потом за все отвечу. — Мы третью не заденем?

— Только орбиту почистим, — отвечает мне «Витязь», отводя корабль, куда сказано.

Иришка встает со своего места, подходит ко мне и молча обнимает, поддерживая. Это, конечно, нарушение всех инструкций, но один ее жест уже говорит о многом. Во-первых, мы чувствуем друг друга, и любимая показывает, что мы едины, во-вторых, она довольно сильный интуит, а значит, я все делаю правильно. Пожалуй, именно этого мне и не хватало.

— Включить компенсаторы гравитационных возмущений, — приказываю я. Сейчас все мои слова пишутся, а главный в бою на звездолете именно командир. — Подготовить средство поражения. Прицел — вторая планета, в момент затенения третьей — огонь по готовности.

«Витязь» не отвечает — мы в бою, и подтверждения не нужны. В воздухе повисает тихий звон вышедших на полную мощность компенсаторов, визуально на экране рябит защитное поле, да от нашего звездолета в сторону планеты отправляется синяя точка мины. Она не видна никакими средствами, «Витязь» просто подсвечивает ее для меня на экране. Бесконечно тянутся секунды, и вот планета, на которой стоит завод, вдруг сотрясается, в одно мгновение становясь будто двумерной, нарисованной. Черные корабли кажутся тонкими визуально, как из-под пресса, а затем рассыпаются в пыль, сама же планета резко сереет и вскоре обращается просто в плотный шар пыли, начавший расползание по орбите.

На третьей планете что-то происходит. Исчезновение кораблей с орбиты там не могли не увидеть, а небольшое планетотрясение лишь привлекло внимание, не более того. Но сейчас я вижу какие-то вспышки и очень серьезную активность в нижних слоях атмосферы — насколько мне это позволяет телескоп.

— Витязь, анализ происходящего, — прошу я разум корабля, потому как приближаться мне не хочется. Дар говорит, что это очень плохая идея.

— Судя по анализу переговоров и видимой активности, — отвечает мне «Витязь», — на планете идут бои в результате восстания рабов. Отверженные находятся в меньшинстве и вскорости будут уничтожены. Контакт запрещен.

Конечно, он запрещен, на планете сейчас фактически дикие звери рвут в клочья других зверей, так что может достаться и нам. В любом случае они теперь разберутся сами, потому что

Владарг Дельсат

нападать на них уже некому. С одной стороны, любопытно было бы связаться да предложить помощь, а с другой — «Витязь» прав: инструкции написаны кровью, потому рисковать не будем.

— Отбой тревоги в связи с уничтожением цели, — командую я. — Компенсаторы отключить, движение в направлении следующей точки.

— Стоп! — выкрикивает Иришка. — Я что-то чувствую.

— Витязь, карту известных пространств обзорно, — опять активируется мой дар, заставляя произнести именно этот приказ.

Иришка подходит к экрану, рассматривая знакомые нам звезды Галактики. Повинуясь ее жесту, карта сдвигается влево, затем еще и еще. Любимая явно что-то ищет, пытаясь привести свои ощущения к синхронизации с картой. Вот наконец она останавливается, задумчиво вглядывается в экран и кивает.

— Примерно где-то тут, — ее палец описывает круг приблизительно в парсек.

— Витязь, принять координаты сплошного поиска, — разумеется, я доверяю жене, поэтому сразу же подаю команду. — Старт по готовности.

Лететь нам туда довольно далеко. Даже если не учитывать, что где-то в той области локализовалась загадочная Терра-два, сам регион пустынный

— всего три системы. Но вот факт локализации легендарной планеты может говорить о том, что жители Терры-два были в сговоре с Отверженными. Это если мы найдем Машу именно там, а вот если нет, тогда непонятно...

Очень вовремя новые друзья нам гравитационную мину передали, как будто знали. Вполне могли и знать, возможности интуитов изучены не полностью, а дар именно «творца» почти совсем неизвестен. Маша у нас, получается, первая ласточка... Подумать только, в это самое время я стараюсь не плакать от воспоминаний о ней, а она жива. Для Машеньки произошедшее точно катастрофой было...

# Глава одиннадцатая

## Маша

НАВЕРНОЕ, МНЕ, НАКОНЕЦ-ТО ПОВЕЗЛО, ХОТЬ Я И НЕ умерла. В какой-то момент тяжесть исчезает, заставляя меня закашляться. Какие-то красные шарики разлетаются от меня, но я не обращаю на них внимания, потому что лечу. Точнее, я, похоже, плыву в воздухе, как рыбка. Странно, я помню многие вещи, названия, но еще больше не помню. Впрочем, думать об этом мне не хочется, я устала.

Я нахожусь в небольшой круглой комнате, стены которой сплошь увешаны какими-то странными объектами, мигающими огоньками, и еще чем-то непонятным. Есть даже небольшое круглое окошко, только я до него еще не доплыла. Из-за того, что я плаваю, мне не страшно, хоть и очень больно в груди. Наверное, я просто потихоньку умираю, но здесь хотя бы нет людей.

Я замечаю большую надпись: «Вода». Загребая руками, плыву к этой надписи, чтобы немного попить, хоть и не понимаю, как это сделать. Подплыв, рассматриваю картинки на стене. Оказывается, тут нарисовано, что именно нужно сделать, чтобы попить. Я отстегиваю трубку, нажимаю кнопку и съедаю пару шариков, плывущих ко мне. Оказывается, это и есть вода. Не забыв пристегнуть трубку на место, повисаю так.

Мне очень тяжело двигаться, а еще я не понимаю, где нахожусь и что происходит. Возможно, в окошко можно увидеть? Вот я сейчас немного отдохну и посмотрю. Одно меня успокаивает — никто не врывается, не хочет избить или замучить, значит, они все исчезли. Вот бы все люди навсегда исчезли... Я неожиданно засыпаю, но к Арху не попадаю, взамен мне снится сон.

Я лежу в чьих-то ласковых руках, а очень знакомый голос рассказывает мне о чем-то. Не совсем понимаю, о чем говорит этот дядя, только наслаждаюсь его руками и голосом. Я не знаю, кто это, может быть, он даже человек, но хорошо осознаю: я очень важна ему, поэтому могла бы доверять. Мне так хочется встретиться с этим незнакомцем не во сне, но это вряд ли возможно, потому что я умираю.

Я чувствую приближающуюся смерть, и мне совсем от этого не страшно, ведь тогда все закончится, и, может быть, именно тогда я встречу его? Наверное, после смерти смогут исполниться все мои мечты и я больше не буду объектом... Наверное, должно так быть, потому что иначе получится жутко нечестно.

— А если я вдруг пропаду? — спрашиваю я этого ласкового незнакомца.

— Тогда я буду тебя искать, — отвечает он мне. — И обязательно найду, что бы ни случилось.

— А если я совсем сильно пропаду? — продолжаю я расспрашивать, хотя во сне не верю в то, что могу пропасть.

— Мы будем искать тебя, малышка, пока жива надежда, — меня гладят по голове.

Это так приятно, так ласково, что я просто не могу удержаться от слез. Там, во сне, я осознаю себя очень важной и нужной девочкой, но стоит только открыть глаза, и реальность напоминает о себе снова и снова. Вздохнув, что сделать мне очень больно почему-то, я плыву в сторону черного окна, чтобы выглянуть в него. Быстро выбившись из сил, замираю на одном месте, зацепившись взглядом за красную надпись «неисправность маршевого двигателя». Я не понимаю этой надписи, да и не хочу ничего понимать, потому что в окне синий шар удаляется. Что-то подсказывает мне, что то была «планета», а это значит — я на «космическом корабле», как Арх говорил. Значит, я спасена и людей больше не будет.

Я всхлипываю в тишине комнаты, в которой что-то жужжит и шипит, но очень тихо. Всё уже, получается, позади, можно не бояться... Жалко, что я умираю, но хотя бы напоследок буду наслаждаться своей безопасностью и покоем. Скоро меня не станет, и я окажусь в руках того волшебного незнакомца из моего сна. Чудо обязательно случится, потому что не может быть иначе, не должно, и все!

В этот самый момент планета, ставшая уже маленькой, вдруг расцвечивается яркими огнями и исчезает, а вокруг меня просто огоньки. Значит, людей совершенно точно больше не будет. Это большая радость, от которой я плачу. Я плачу, потому что они исчезли, может быть даже умерли все! Не хочу людей, никогда не хочу!

На меня наваливается сон, наверное, я снова очень сильно устала. А может, это не сон, потому что трудно дышать становится. Может быть, это и есть то, чего я так ждала и очень желала? Мои глаза закрываются, и я вижу Арха, грустно на меня глядящего, а еще Краху, которая пытается пробиться ко мне, но не может — нас прозрачная стена разделяет. Я смотрю на тех, кто согревал и ласкал меня в самые страшные дни, понимая: мы видимся в последний раз. Мое время истекло, но в свои последние секунды я смотрю не отрываясь на тех, кто никогда не делал мне плохо, ведь они не люди.

По-моему, я начинаю падать, но это мне уже неважно, потому что все заканчивается. Объект четырнадцать двадцать два готовится исчезнуть навсегда. В эти минуты мне кажется, что я слышу чьи-то голоса, вижу какие-то большие дома необычной формы. Кто-то улыбается мне, но они выглядят, как люди, а люди не могут быть хорошими. Кажется, что-то поднимается из глубин моей памяти, но перед глазами моими уже совсем темно, я, наверное, уже и не живая, а эти последние картины — они показывают мне, что будет после смерти.

Я ни о чем не жалею, потому что очень хочу оказаться в ласковых руках. Не знаю, почему меня мучили, хотя в этот миг передо мной встает Аленка. И вновь вспоминается наш странный разговор, тот самый, что я, кажется, забыла. Я будто вновь в той холодной камере оказываюсь, а Аленка рассказывает мне: меня обязательно найдут, потому что она так сделала.

— Когда придет срок, мы встретимся, — говорит

она мне. — Я не буду ничего помнить, но встретимся мы обязательно.

— После смерти? — спрашиваю я, а она только улыбается.

Как могла она улыбаться в том страшном месте, где у нас не было ничего, даже имен? Она точно что-то знала, а теперь узнаю и я, только почему-то больно очень. Мое сознание гаснет, я снова оказываюсь в черной реке, по которой меня несет теплая вода. Может быть, она и не вода вовсе, но мне не хочется ни о чем думать. Я, наверное, уже стала историей, поэтому можно и поплакать...

А еще меня наверняка ждет тот, кто будет качать на руках. Он будет моим папой, я знаю это совершенно точно. И еще будет мама. Настоящая, как в сказке! Она будет меня гладить и очень сильно любить. И никогда не ударит, потому что это мама. Вот сейчас река исчезнет, а потом я открою глаза уже за порогом смерти, и у меня будут мамочка и папочка. Они сразу же будут, я уверена!


## Сергей

Переданные нам дети еще спят, давая время и мне, и Иришке почувствовать их своими. Чужих детей не бывает, но их мало принять, их надо любить так, как будто не может быть ничего важнее на свете, ведь

Владарг Дельсат

они все чувствуют. А пока мы занимаемся котятами. Действительно получается детский сад: трое младших, совсем маленьких, и семеро постарше, но им тоже нужны и мама, и папа, и тепло, и любовь. А еще будет Маша, я в этом абсолютно уверен, и, наверное, с ней будет сложней всего. Потому что попала она совершенно точно к нелюдям, способным на что угодно.

Субпространство отражается серой хмарью на экранах, мы же занимаемся малышками. Покормить, вычесать, поиграть... Вот они у нас сейчас в бассейне, а мы разбираемся с блоком знаний. Иришка обнимает меня, а наладонник вслух читает краткую выжимку из рекомендаций по воспитанию, и эта самая выжимка мне категорически не нравится.

— Все-таки дикие, — понимаю я, на что любимая только кивает.

Целая страница текста, отданная теме «стимуляция развития», вызывает омерзение. Дети превыше всего — в этом вся суть Человечества, да и наших друзей. Никому не придет в голову делать больно, унижать ребенка ради любых целей. Дети понимают слова, они разумны, а чего не знают — для этого существуют учителя. Не «темная комната», не «стимуляция холодом», а простые человеческие слова! А цивилизация Лаэрт, выходит, не соответствует Критерию Разумности, потому вполне может считаться «дикой». Может, и хорошо, что вымерли...

Так думать неправильно, но после услышанного я могу только скомандовать удалить запись, чтобы никогда ее больше не видеть. Есть еще одна проблема — они не дают имена своему потомству до определенного возраста. С одной стороны, логику можно понять, потому как имя у них обязательно говорит о характере и качествах существа, но для меня звучит дико.

— Имена им надо будет дать сразу, — Иришка моя вовсе мысли не читает, она просто думает о том же, что и я. — Мягкие и теплые.

— Да, буквально с ходу, поэтому сначала разбудим мальчиков, они постарше, — киваю я. — Ну и объясним правила, потому что есть у меня нехорошее ощущение.

— Вообще-то, я тут интуит, — замечает любимая с улыбкой. — Но у меня тоже есть что-то похожее. Как бы...

— Да, тебе это воспринять проще, — вздыхаю я, прижимая ее покрепче к себе.

Нет-нет, но вспоминается всем нам история двух десятков детей, ибо дикие очень любят ходить простыми, с их точки зрения, путями, зачастую ставя крест на своей цивилизации. А дети обычно страдают от этого в первую очередь. Горько осознавать подобное, на самом деле, просто горько.

Хитро посмотревшая на меня Ириша все же не сдержалась, широко зевнув, что было сразу же замечено. Переглянувшись, мы поднимаемся, чтобы уложить малышек отдыхать. Им в этом возрасте положено чуть ли не восемнадцать часов спать, судя по мнению Вэйгу, поэтому ничего удивительного нет. Я беру себе самую хулиганистую Иришку, любимая — Марфушу и Марину, отправляясь затем в каюту, чтобы уложить дочек. Спеть колыбельную, рассказать сказку... Скоро нам и в Пространство выходить, продолжая поиск, хотя чует мое сердце... Впрочем, это подождет.

Колыбельную традиционно у нас поет папа, так получилось, хотя мне пела мама, а сказку рассказывает мама. Вот сначала у нас сказка о доброте и ласке, а затем уже и песня, под которую малышки очень быстро засыпают. Точнее, папа традиционно девочкам поет, ну у нас как раз девочки. Надеюсь, мальчики не проявят агрессию к девочкам, а то будет очень нехорошо, как выпутываться из ситуации, когда мальчиков будут бояться, я себе и представить не могу, но будем верить в то, что общая беда их сблизит.

— Готовность к выходу, — сообщает мне «Витязь». — Командир нужен в рубке.

Ну это естественно и логично — выходим в первую систему поиска, так что все понятно. Поднявшись, тяну и Иришку за собой. Она гладит еще раз сладко спящих наших малышек, отправляясь вслед за мной. Привычный зеленый коридор, переход на другой уровень, широко раскрытые двери рубки. Я опускаюсь в командирское кресло, и сразу же вслед за этим «Витязь» вываливается в пространство. Тут же оживает мой дар, заставив взглянуть на дополнительный экран, отчего я замираю — четкий сигнал человека с нужным нам даром.

— Витязь, фильтр, — сглотнув, прошу я его, а руки в это время включают сканирование пространства.

— Результат положительный, — музыкой звучит ответ, показывая, что мы нашли Машу. Вот только где она? — Фиксирую спасательную капсулу времен Второй Эпохи.

— Сигнал? — сразу же интересуюсь я.

— Только телеметрия, — отвечает мне разум корабля. — Расшифровываю.

Прямо перед нами на экране — планета. Просто планета, ни светила, ни орбитальной группы — ничего. И вот эта планета вещает открытым

Владарг Дельсат

текстом в Пространство, угрожая какому-то ребенку. Я аж замираю от такой нереальной картины, но на планете уже расцветают кусты мощных взрывов, после чего она просто исчезает. Что это было?

— Спасательный челн, типа «Д-триста», имеет на борту живое существо, — сообщает мне «Витязь». — Судно повреждено, теряет атмосферу.

— Принять челн на борт, — приказываю я. — Вася! — тронув сенсор, зову я командира десантников. — Любой ценой принять спаскапсулу на борт, и пассажира — к Вэйгу.

— Выполняю, — слышу я в ответ, а сам всей душой чувствую: там моя Машенька. Она совершенно точно там, и мы ее спасем, хоть челн и выглядит так, как будто его расстреливали.

Впрочем, после угроз, несшихся от планеты, причем в радиодиапазоне, я уже ничему не удивлюсь. Главное, чтобы выжила, чтобы спаслась моя хорошая, а там все совершенно точно будет хорошо. Машенька, нашлась...

«Витязь» маневрирует, работают захваты, и вот уже очень скоро челн на борту. Капсулу вскрывают по всей длине, доставая пассажирку, сразу же пересылая мне подтверждение, после чего ее принимает Вэйгу. На экране исхудавшее лицо ребенка. В ней трудно признать сестренку — веселую, игривую, ибо она сейчас очень бледна, но я вижу: это Маша, мы нашли ее.

— Ребенок имеет положительный отклик на иммунизацию, — сообщает мне разум медотсека. — Состояние критическое.

— Жить будет? — с тревогой спрашиваю я.

— Уже да, — звучит в ответ, заставляя меня расслабиться.

Мы нашли сестренку, и теперь она точно будет жить. Можно, наверное, возвращаться, но для этого нужно оказаться в точке отправления. Что же, самая сложная, как я думаю, часть работы позади. Правда, думаю я так недолго, ибо Вэйгу скидывает мне список телесных повреждений сестренки, от которого мне становится сильно не по себе.

# Глава двенадцатая. Сергей

Машу не раз избивали, судя по характеру травм, пытали, отрезали ей ноги и неизвестно еще что делали. На груди у нее номер, отчего мне становится просто холодно — историю, особенно после Настеньки, я знаю. Четыре цифры означают очень многое... Она может не помнить ни имени, ни меня, ни родителей. Ничего она может не помнить, вот в чем беда. Да и восстанавливать ее долго, а ноги — только в госпитале, потому что очень нехорошо их отрезали, повредив все на свете, как грызли, честное слово. Ну и вердикт: мы пока не можем вернуться, ее нужно восстановить, а при этом гравитационные возмущения запрещены, не всё капсула выдержит. Легкие и сердце в плачевном состоянии — надо новые растить, половина ребер в труху, то есть недели две. Разбудить ее можно будет и через неделю, оценить само состояние, возможно, придется держать в гиперсне до госпиталя.

Капсула ее сейчас непрозрачная, так что на обретенную спустя столько лет сестренку наглядеться не смогу пока. Что ж, у нас есть кем заниматься и кроме нее пока. «Витязь» идет к точке «всплытия», там мы и будем ошиваться, пока Вэйгу добро не даст, а в «когда» мы всплывем, узнаем потом на месте. Не это сейчас главное.

— Командир, эльфята готовы к пробуждению, — сообщает Вэйгу.

— Пять минут, — отвечаю я, изменив направление движения. Потом поедим.

«Эльфятами» назвали переданных нам дикими детей. Они очень хорошие и просто лапочки, мы в это верим. Первыми у нас проснутся мальчики, оценим их взгляды и готовность, а вслед за ними и девочки. Сразу же надо дать имена, не забыть, просто с ходу. Тут есть еще одна проблема — у них приняты не просто говорящие имена, еще и начинаться в одной семье они должны одинаково. То есть братья и сестры все имеют имя, начинающееся на ту же букву или слог. Любят же «дикие» находить себе проблемы... Впрочем, у нас есть «Витязь», он в случае чего подскажет.

Семь капсул, уже горящих ровными зелеными огнями. Дети, конечно, еще худы, но уже вполне могут усваивать пищу и нормально двигаться, а так как их только что привили, то будут голодными. Такова особенность универсальной вакцины — после нее всегда очень сильно хочется есть, поэтому мы ко всему готовы.

Поднимаются крышки капсул мальчиков, при этом их укрывают белой псевдотканью, чтобы не пугались. Они потихоньку просыпаются, сначала один, потом второй. Ну а так как это мальчики, то первый контакт у них с мамой. У нас девочки всегда больше к папе тянулись, а мальчики к маме — может, только у нас, но мы так привыкли.

— Здравствуй, сыночек, — звучит ласковый голос Иришки. — Ты у нас сегодня первым проснулся, оттого быть тебе Лучезаром.

Любимая только что задала букву, с которой будут называться дети, но тут же еще нюанс в чем: лучезар — второй месяц года, идущий вслед за новозаром. Не будет ли ребенку неприятно зваться, как месяц? Впрочем, если будет, переименуем, а пока пусть так зовется. Буквально миг прошел, а Ирише уже поверили. На руках мамы еле слышно плачет наш Лучезар. А она тихо его о чем-то расспрашивает, правда, он, по-моему, информацию не воспринимает.

— А теперь твой братик просыпается, — ласково произносит любимая. — Пока он тоже поплачет, Луч оденется, согласен? А папа поможет.

— Папа? — ошарашенно спрашивает мальчик лет шести на вид.

— Здравствуй, сынок, — я глажу его по голове, и он тянется за моей рукой, а потом ойкает.

— Ты не знаешь, где младшие? — с тревогой смотрит мне в глаза сын, и я понимаю: не было у них ни травли, ни избиений, а лишь забота, можно не опасаться.

— А доченьки проснутся чуть позже, — мягко говорю я ему. — Сначала сыночки наши в себя придут и поплачут немножко.

Этот взгляд мне знаком. На меня так доченьки смотрели в самом начале, как на невозможное чудо. Сказанное мной для него просто непредставимо в рамках их цивилизации. Они отлично понимали, что обречены, но надеялись как все дети. Наверное, даже ожидая смерти, надеялись...

— А вот и наш Лесьяр глазки уже открыл, — произносит Иришка. — Как спалось сыночку?

Вмиг слезы. Еще один ребенок на руках мамы, ну и Луч в моих, конечно. Надо сыночкам дать возможность прийти в себя, поплакать, а только потом переходить к девочкам. Поэтому мы помогаем мальчикам натянуть комбинезоны, потому как кто знает, как у них с туалетом, а пугать детей совершенно никому не нужно. При этом на нас смотрят, как девочки смотрели — как на волшебство невиданное.

— Мама... Папа... Кто вы? — тихо спрашивает Луч, и я понимаю суть его вопроса.

— Мы люди, сынок, — отвечаю я ему с улыбкой. — А для людей чужих детей не бывает.

И вот теперь моментально поверившие мне мальчишки ревут. Двое наших новых сыновей выплакивают боль брошенных детей, что я очень хорошо слышу. Они пытаются что-то рассказать, а мы обнимаем их вдвоем, гладим, но не стремимся успокоить, потому что им просто надо выплакаться. При девочках они не смогли бы, поэтому нами все правильно сделано.

— Вот сейчас доченьки проснутся, — сообщает им Иришка, когда сыночки чуть успокаиваются. — И мы пойдем завтракать.

— Завтракать... У нас хлеба немного осталось, — вспоминает Лесь.

— Теперь у вас будет довольно еды, — качаю я головой. — Вы дома, хорошие мои.

Он замирает, пытаясь осознать сказанное, видимо, поэтому говорить начинает Луч. Он рассказывает о том, что еды было совсем немного, о них просто забыли. А девочки плакали, очень желая хоть кого-нибудь, поэтому мальчики были для них. Всё мы с Иришкой правильно поняли, так что сюрпризы у нас с девочками будут. Но и с мальчиками не все просто — они нам как-то моментально доверяют, как будто сенсор нажали, а так бывает только в одном случае.

— Да, Сережа, — кивает в ответ на мой взгляд Иришка. — Это импринтинг, так что у нас еще семеро детей. Считай, рекорд человечества.

Это она шутит, хотя я ее понимаю. До полета у нас было двадцать два ребенка, причем только двое биологических, а после численность детей вырастет на троих котят и семерых эльфят. Больше тридцати детей в сумме. Снова в нашем доме будут звучать тысяча «почему». Разве может это не радовать?

Дети превыше всего. В этих трех словах вся суть Человечества. Это непреложный закон, и наш Критерий Разумности, поддерживаемый всеми нашими друзьями. Выглядят они по-разному, но для каждой расы, ставшей нам другом, дети превыше всего. Именно этот факт и дарит понимание истинной разумности.

Луч и Лесь, уже успокоенные, идут с нами к девочкам. Они рассказывают нам о каждой, но называют их скорее прозвищами, подозревая, впрочем, что сейчас у малышек появятся имена. Сыночки очень внимательно нас с Иришкой выслушали и, что-то решив, просто кивнули в ответ. Интересно, что они решили?

— Листочек очень пугливая, — объясняет мне Луч, — ее на корабле еще очень сильно стимулировали, отчего она боится что-то сделать не так.

— Тогда проснется у нас первой, — решаю я, прикоснувшись к сенсору.

Что такое «стимулировали», мы уже знаем, и радости это нам не приносит. Детей не били в привычном Иришке смысле, им раздражали нервные окончания. Жуткая боль, от которой не спрячешься. Дикие есть дикие.

Крышка поднимается, ребенка сразу же укрывает покров, и теперь уже мой выход. Я мягко обнимаю просыпающуюся девочку, беря ее на руки. Ресницы трепещут — боится она, но изо всех сил не просыпается, будто отрицая мир вокруг себя. Так себе новости, конечно.

— Доброе утро, доченька, — ласково обращаюсь я к ней. — Как Любавушке спалось? Как спалось моей малышке?

Широко раскрытые глаза, неверие в них

сначала, а потом... Вот это и называется импринтинг, причем визуально заметный, потому как солнышко мое только всхлипывает, смотря на меня во все глаза, тут и Иришка моя присоединяется, затопляя доченьку теплом. Спешить сейчас нельзя, просто совсем, поэтому мы очень медленно одеваем ее, гладим, рассказывая, какое она чудо, как мы рады, что ее волшебные глазки открылись... И плачет она, конечно, в отличие от мальчиков, доверившись просто моментально.

— Познакомься с братьями, — предлагаю я обретенной доченьке. — Это у нас Луч, Лучезар, а вот Лесьяр, но мы его просто Лесь зовем, пока он маленький.

— А я... — она запинается, явно не запомнив с ходу имя.

— Это наша Любава, — представляю я сыновьям сестренку. — Она очень хорошая девочка.

Они знают друг друга, но сейчас это представление — по именам, наша ласка, непривычное им тепло лечат маленькие души, медленно осознающие: они одна семья. Их больше никто не выкинет, не бросит, не заставит что-то делать против воли. И успокоившаяся Любава обнимает братьев, а мы переходим к следующей доченьке.

Проходит совсем немного времени, и вот на длинном диване уже сидят все пятеро наших дочек

Владарг Дельсат

и двое сыновей. Спасибо «Витязю», я бы быстро не сообразил, но он подсказал, поэтому кроме Лучезара, Лесьяра и Любавы, у нас тут еще Ладушка, Ланушка, Людмила и Любовь. Девочки сразу не могут поверить в то, что у них есть имя, да еще данное новыми родителями, но при этом принимают нас моментально, раз за разом демонстрируя совершенно одинаковые симптомы импринтинга, чего, вообще говоря, не бывает. Значит, такова особенность расы, любопытная, кстати, особенность.

— Готовы идти на завтрак? — интересуется любимая.

— Да-а-а-а! — прыгают на месте дети, так напомнив мне наших старших. Дети есть дети.

— Тогда пошли, — предлагаю я, ведя их за собой. — Только по дороге возьмем с собой еще ваших самых младших сестренок, потому что им тоже хочется познакомиться с такими хорошими братиками и сестренками.

Вот тут я их явно удивляю, хотя чем именно, не понимаю. Ну да и не важно это, ведь мы сейчас к нашей каюте идем. Дети видят различия между ними и нами, как они воспримут непохожих на них малышек? Насколько я понимаю, без агрессии, ибо жилось им сильно невесело. Ну да сейчас посмотрим.

Дверь каюты открывается, дети входят с нами, чтобы увидеть малышек, и дружно ахают. Они сильно удивлены не только наличием таких малышей, а еще и различиями в расе, при этом видят, как мы с младшими обращаемся, и снова плачут. Импринтинг импринтингом, а вот полностью понимать дети начинают только сейчас.

— Возьми коляску, — предлагаю я Иришке, на что она кивает.

Нам нужны свободные руки, чтобы обнять, погладить, а детей у нас теперь много, поэтому малышки оказываются в небольшом манеже, передвигающемся над полом. При этом я объясняю «эльфятам», что в нашей традиции нет такого, чтобы детей на одну букву называли, скорей наоборот, но их назвали на одну, чтобы обретенным сыночкам и доченькам было комфортно.

— Но... Почему? — не понимает Ладушка.

— Потому что вы самые важные, самые любимые, и ваш комфорт очень важен для нас с мамой, — объясняю я им.

И дети снова бросаются к нам с Иришей, чтобы пообниматься. Маленькие мои были лишены родительского тепла. Кто знает, какими были их родители и как дети их потеряли, но сейчас они наши дети. Иришины и мои, что им осознать просто трудно. Они еще не понимают, что значит «не

Владарг Дельсат

бывает чужих детей», но у них будет время это осознать, почувствовать и оставить прошлое прошлому. И будто время крутится вспять, когда в тишине звучит вопрос Ланы:

— Папа, а вы нас не бросите? — в глазах малышки такое выражение, слов нет, чтобы описать его.

— Мама и папа — это навсегда, доченька, — звучит наш ответ. — Вы никогда не будете одни.

Как-то очень быстро оказавшись в столовой, мы знакомим старших с младшими, и, пока Иришка ими занимается, рассаживая полукругом на высоких стульчиках, я иду к синтезатору. Тут ничего говорить не надо, традиция есть традиция. И у Вити первое кормление детей таким было, и у Сашки, и у меня, конечно. Дети этот свой раз запоминают на долгие годы, зачастую именно первое кормление всех вместе шоколадной или манной кашей и начинает для них отсчет семьи.

— А сейчас вы у нас будете очень-очень маленькими, — сообщает им любимая, и я только вздыхаю, увидев отголосок страха в глазах девочек, а мальчики просто уже верят, — поэтому вас покормит наш папа.

— Как? — удивляется Любава. — Разве...

— А вот увидишь, — гладит ее по голове любимая моя, не дав договорить.

Дети травмированы, очень сильно травмированы, и эти травмы, как показывает прошлое, еще не раз выскочат, еще не раз проявится страх сделать то, за что больно. Это мы всё уже проходили единожды и пройдем еще раз, а потом котята всего плохого, что с ними было, и не вспомнят. Они будут считать, что так было всегда, а мы постараемся воспитать их правильно, благо опыт есть. Так что пора приступать к кормлению уже очень голодных моих детей.

— Сорока-ворона кашу варила... — это тоже традиция уже, незыблемая традиция нашей семьи Винокуровых. — Деток кормила... этой дала! — и Любава осторожно слизывает кашу, замирая, лишь распробовав ее. — Этому дала, — вот и Лесь замер, пытаясь осознать оказавшуюся у него во рту сладость.

Дети завтракают. Их первый завтрак с новыми папой и мамой, завтрак, который запомнится навсегда. Именно с этого момента, что наши, что внучки начинают отсчитывать время новой семьи.

# Глава тринадцатая

## Маша

Сначала я осознаю себя в теплой реке. Это странно, потому что не было же ничего, но я опять во тьме куда-то плыву. Что это значит? Я снова жива? Или же начинается то, что после смерти? Наверное, от меня ничего не зависит, поэтому надо открывать глаза и принимать мир таким, какой он есть. Мне немного страшно, конечно, потому что вдруг люди? А я лежу на чем-то мягком, а не плаваю в воздухе, значит, меня нашли, и теперь мне предстоит узнать, кто. Так не хочется снова боли, поэтому я молю, чтобы это не были люди.

Открыв глаза, я в первый момент вижу, что мне не повезло. Прямо перед тем местом, где я лежу, стоит дядя. Он человек, значит, все хорошее закончилось, не начавшись. Но тут я замечаю кое-что необычное, вглядываюсь и замираю, не в силах этого осознать. Он плачет. Этот непонятный дядя смотрит на меня и плачет — у него слезы из глаз текут, а еще он странный.

— Здравствуй, Машенька, — негромко произносит этот странный дяденька. — Наконец-то мы тебя нашли.

Он тянется обнять меня, что в первый момент меня пугает, но затем я узнаю. Я узнаю его голос, его руки, да и то, с какой лаской он говорит, тоже будто пришло из моих снов. Тут я все понимаю: я умерла, теперь у меня будет волшебный папа и мама тоже, и не будет никаких людей. Я тянусь к его рукам, потому что он мне снился именно таким. Его голос, его руки...

— Папочка... — шепчу я, не в силах почему-то сказать громко. — Ты мне снился... Папа... Не уходи! Пожалуйста, не оставляй меня! Разреши остаться хотя бы сейчас!

— Ну что ты, маленькая, — произносит он голосом, от которого я плачу. Ведь я умерла, значит, теперь уже все можно. — Я никогда тебя больше не оставлю.

Я прижимаюсь к его груди, на мгновение лишь опустив взгляд. Увиденное убеждает меня в том,

Владарг Дельсат

что я умерла — нет на груди страшных цифр, их нет совсем. Значит, теперь больше не будут мучить? Я стараюсь заглянуть ему в глаза, но вижу там только какое-то смутно знакомое выражение, оно совсем не злое. Он прижимает меня, завернутую во что-то белое, к себе. И тут я вижу маму. Она в точности такая, какой мне представлялась, потому что так ласково смотрящая тетя может быть только мамой.

— Мама... — тихо говорю я. — Мамочка...

— Да, малышка, — улыбается она мне, сразу потянувшись погладить. Это точно мама, никакой другой человек никогда бы не стал меня гладить. — Сейчас папа оденет малышку, и мы завтракать пойдем, хорошо?

— Как ты скажешь, так и правильно, — отвечаю я, потому что это же мама и папа. Они лучше знают, как правильно, а я уже умерла, поэтому нужно быть послушной, чтобы их не огорчать.

— Ты ей снился, Сережа, — замечает мама, осторожно, как что-то хрупкое, беря меня из папиных рук. — Именно как папа, так что вариантов нет.

— Да я понял, — улыбается он, медленно одевая меня. — Скоро мы прилетим домой, и моей малышке восстановят ножки.

— Ножки? — удивляюсь я, хотя чему тут удивляться, ведь после смерти может быть только сказка.

— Ножки, — кивает мне мамочка. Она мне не снилась, а только почему-то папа, и я рассказываю ей об этом.

— Он меня гладил, обнимал и рассказывал, что я очень хорошая, — говорю я, уже чувствуя себя защищенной, потому что полностью одета.

Мама отдает меня папе, я еще раз прислушиваюсь к себе, понимая — да, это он мне снился, именно его руки, его голос... И вот сейчас он несет меня куда-то, но мне все равно куда, потому что он на руках меня несет, и мне от него очень тепло. Хорошо, что я уже умерла и плохого не будет, особенно людей. А мама и папа — они не люди, они мама и папа. Оказавшись вне комнаты, я сначала пугаюсь, потому что тут кто-то еще есть, но тут папа присаживается, потому что я опускаюсь, и нас окружают совершенно точно не люди.

— Познакомьтесь с Машенькой, дети, — очень ласково произносит мамочка, и я чувствую: она действительно любит каждую и каждого из тех, кто сейчас окружает нас с папой.

Они необычные и на людей непохожие, поэтому я улыбаюсь, ведь они не будут мне плохо делать, вот совсем. А еще они дети, мамины и папины, я вижу это просто, потому что так относиться к чужому никто не сможет. Да и к своим вряд ли, но ведь мамочка и папочка — они из сказки, а в сказке все возможно. Ну, мне так кажется. И тут мамочка начинает мне представлять сестренок и братиков.

— Луч и Лесь у нас очень ответственные, — объясняет она мне, — бояться их не надо, и обижаться тоже.

— Я не умею, — честно отвечаю ей, потому что действительно не знаю, что такое «обижаться».

— А вот тут у нас Любавушка, — мамочка обнимает и очень ласково гладит остроухую сестренку, а та зажмуривается от удовольствия.

Родители рассказывают и обо мне, только они не все знают, но не придумывают, а так и говорят, что не знают, при этом не разрешая мне рассказывать. Мы все вместе идем завтракать, потому что так папа сказал. Тут я узнаю, что есть еще три младшие сестренки, но они еще спят, поэтому мы попозже познакомимся, а я себя чувствую как во сне. Такого просто не может быть, я в самом деле не понимаю, как возможно то, что я вижу и слышу.

— Машенька у нас маленькая очень, — говорит мамочка, и все вокруг улыбаться начинают. — Ее будет кормить папа из маминых рук... Или мама из папиных?

— Папа... — шепчу я, замирая просто от нереальности происходящего.

Папа передает меня ей, да так бережно, а другие дети совсем не возражают, наоборот — они меня погладить хотят, как будто желают показать, что все плохое закончилось, но я это и так знаю, ведь я же умерла. Мама меня осторожно укладывает, чтобы мне было комфортно, а затем папа просит открыть ротик. Я удивляюсь, потому что он не дает мне ложку и не макает носом в тарелку, а действительно кормит, как было совсем недолго в той еще жизни.

Меня кашей кормят, очень сладкой, какой-то коричневой, но мысль о том, что она на какашку похожа, в голове не задерживается, потому что меня кормит папочка. Я узнаю его руки, каждое движение, голос и уже точно верю, что все плохое закончилось. По крайней мере, пока людей нет, я верю, но спрашивать все равно не буду пока.

— Машенька умница, Машенька хорошо кушает, — приговаривает папочка, а мне странно — как можно плохо кушать? Ведь еды совсем мало обычно...

А еще мама и папа называют меня Машенькой, и хотя так меня уже называли, кажется мне, что это действительно имя, а не название. Я себя чувствую именно Машенькой, поэтому, наверное, верю им еще сильнее.

Владарг Дельсат

## Сергей

Неделя в заботах пролетает незаметно, мы в это время висим возле точки «всплытия». Пока Вэйгу не даст добро, никто никуда не полетит, потому что дети превыше всего. Вот наступает пора будить Машеньку... Звезды, Маша, живая! Как мне было сложно, оказывается, все эти годы... Иришка моя очень хорошо меня понимает. Но перед тем как идти к сестренке, мы укладываем малышек спать, потому что им нужно отдохнуть, а старших собираем, чтобы объяснить.

— Сестренка считалась умершей, — объясняю я детям, залезшим к нам на руки. Им очень нужен тактильный контакт с нами, потому детсад пока под вопросом. Сейчас всё под вопросом, на самом деле, хотя я и знаю, что мы вернемся. — Совсем недавно мы узнали, что ее подменили, чтобы... получить ее дар.

— И тогда вы отправились ее искать? — интересуется Лесь, у которого не сходится история. — Но через столько лет...

— Мы опустились в прошлое, чтобы найти ее, — объясняет моя Иришка. — И наконец нашли. Ее явно мучили, заставили забыть себя, много били, отрезали ноги и, скорей всего, мы многого не знаем.

— Тогда она могла полностью забыть прошлое,

— замечает Луч. — У Любавы так, она не помнит ничего, только тело боится.

— Значит, может принять родителями, — понимаю я, задумавшись о том, чтобы не будить, но Вэйгу категорически против такого плана. — Ну, чему быть, того не миновать.

И мы идем в медблок, который у нас фактически госпиталь. Разница по Маше видна — ноги мы ей здесь отрастить не можем — нет у нас базы костного материала, а мой не подходит, да и истощена она сильно — не из чего растить. Впрочем, сегодня нам нужно только оценить ее состояние, реакцию на еду и на других детей, при этом Вэйгу оценит безопасность движения и выдаст рекомендации. Иначе это сделать нельзя, разве что рисковать, а рисковать я не люблю.

Ставшая прозрачной крышка медленно поднимается вверх, а тело Машеньки укрывает покров псевдоткани. Шрамы и следы жестокости нелюдей уже излечены, но в голове они все еще есть, так что работы будет намного больше, чем с Иришкой и доченьками. Но пока я ничего сказать не могу — я плачу. Глядя на исхудавшее, но такое родное лицо однажды потерянной сестренки, плачу, не в силах даже оценить то, что вижу. Память показывает мне сцену Прощания с ней, а я вижу ее сейчас живую. Такая же, какой была она в посмертии,

Владарг Дельсат

предстает любимая сестренка передо мной сейчас.

— Здравствуй, Машенька, — говорю я ту самую фразу, которую так мечтал произнести будто вечность назад, когда еще надеялся, что это ошибка. — Наконец-то мы тебя нашли.

А она, в первое мгновение испугавшись, ведет себя совсем не так, как я ожидаю: не признавая во мне брата, тянется изо всех сил, чтобы произнести то самое слово, что подсознательно нами с Иришкой уже ожидается. Папа. Не выйдет у меня быть братом — видимо, детская память сохранила не мамины руки, не папин голос, а державшего ее в руках брата. Когда ей было плохо, грустно, весело, Машенька всегда сначала шла ко мне, ведь она была для меня всем миром. Возможно, именно это не сумела уничтожить очень непростая ее жизнь. Маленькая моя...

— Ты ей снился, Сережа, — негромко произносит все уже понявшая Иришка, осторожно беря малышку из моих рук. — Именно как папа, так что вариантов нет.

— Да я уже понял, — улыбаюсь Машеньке я.

Бережно одеваю сестренку, воспринимающую меня папой, и стараюсь не задумываться о том, что будет, когда мы прилетим. Как родители отреагируют на это? Не знаю, честно говоря, но Маша сейчас явно не примет никакого объяснения, сочтя его предательством, и вот тогда она просто не выживет. Я даже не знаю, я чувствую это, потому решаю оставить все как есть.

И вот мы выходим к детям. Младшие наши спят, что хорошо, а старшие сразу же бегут знакомиться. И вот Лесь улыбается, Луч осторожно гладит обретенную сестренку, девочки тянутся обнять. И я вижу — они все поняли намного быстрей меня. Поняли и приняли свою сестру, несмотря на то, что имя у нее «на другую букву». Эльфята наши уже приняли новую реальность, поэтому за старые привычки не цепляются.

Завтрак, именно такой, какой нужен, потому что, во-первых, традиция, а, во-вторых, Маша сама не сможет — ей ложка практически не знакома, что я отмечаю просто рефлекторно, наставнику это видно сразу. Значит, надо будет ее учить практически с нуля. Если память просто заблокировалась — это одно, а вот если удалена... Вот тогда у нас основные танцы и начнутся.

Машенька... Сколько раз я вспоминал тебя, и вот ты снова в моих руках. Живая. Папа я тебе или брат, потом разберемся, главное — ты живая.

Утомляется она очень быстро, поэтому я возвращаю ее в госпиталь, как мы иногда медотсек называем. При этом раздевать ее не обязательно, и, осознав это, Маша удивляется еще раз. Я же глажу ее, а наша мама поет колыбельную. Мне кажется, что сейчас правильно так — чтобы колыбельную спела Ириша, она и сама это чувствует. Маша вслушивается некоторое время, а потом засыпает. Будто бы выключатель повернули, раз — и спит.

— Вэйгу? — спрашиваю я, точно зная, что мой вопрос поймут правильно.

— Всплытие разрешено, — звучит лаконичный ответ. — Удачи тебе, командир.

Вот это уже хорошо. Значит, можно уложить старших детей или же просто чем-то увлечь, пока мы будем двигаться вверх по колодцу времени в надежде на то, что не создали новой реальности. Впрочем, если бы не мы, все эти дети погибли бы, так что вряд ли, а вот наш удар по заводу... Там да, возможно, впрочем, кто знает, на месте разберемся.

— Сообщение для командира, — слышу я голос «Витязя». — Прошу внимание на экран.

Я пораженно застываю, потому что это, скорее всего, запись. Причем оставленная втайне запись, включающаяся по условию. Иришка такую оставляла для Вити, ну и я тоже. История у его девочек была такой, что нужно было обращение женщины, а если бы их мучили не мужчины, то мою бы «Витязь» включил. Дочки у нас сильные интуиты, но вот детали могли быть разными, так что сейчас посмотрим.

На экране появляются мама и папа. Иришка от мгновенно затопивших ее эмоций аж всхлипывает, но просто обнимает меня, глядя на таких родных нам людей. Папа в записи спокоен, а мама только немного грустно улыбается. Такое ощущение, что она знает что-то, мне пока недоступное, поэтому я весь внимание.

— Сережа, — еще раз вздыхает мама, — внучки считают, что над Машенькой могли проводить опыты, а после такого она не сможет принять тебя братом...

Мама знала. Вот в этот самый момент я очень хорошо понимаю: она знала, как будет, и оставила мне запись именно для того, чтобы я не мучился вопросом, что делать. Родители, несмотря на все прожитые мной годы, снова продемонстрировали свою мудрость и разум. Да и могло ли быть иначе?

# Глава четырнадцатая.
# Сергей

ХОРОШО ПОДУМАВ, РЕШАЮ ПЕРЕИГРАТЬ — ДЕТЕЙ ВСЕХ в госпитале расположить. Все-таки это самое защищенное место на корабле, мало ли что будет в скольжении. Можно сказать, активируется мой дар, ведь я всех их воспринимаю своими. Иришке мысль не очень нравится — надо со мной расставаться, но она не ропщет: дети превыше всего. Это непреложный закон, что Человечества, что наших друзей.

— Витязь, все кровати расположить в госпитале, в момент начала скольжения включить внутренние щиты, — отдаю я приказ разуму корабля.

— Мудро, — соглашается он со мной. — Выполняю.

А я иду к детям, которых сейчас в медотсеке

Иришка собирает. В целом я верю: все будет хорошо, но дар заставляет меня поступать именно так, а не иначе, и я на него полагаюсь. Меня им владеть очень хорошо научили во время подготовки, и не доверять себе весьма чревато. Вот я прохожу по коридору, меняю уровень и поворачиваю в медотсек. Малышки в специальных капсулах все еще спят и будут спать, пока не выйдем в Пространство. Машенька тоже спит, а старших я сейчас уложу, а Иришка с ними останется на всякий случай. Да и мне спокойнее будет.

— Вот и папа наш... — негромко произносит любимая, сделав движение такое, как будто броситься ко мне хочет.

— Готовы уже, вот и молодцы, — улыбаюсь я сыночкам и доченькам, при этом Иришку сразу обняв. — Мы сейчас будем возвращаться во времени, поэтому вы этот этап поспите, а чтобы не было страшно — с вами мама останется.

— Хорошо бы, чтобы и ты остался... — тихо произносит Любаша.

— Я нужен в рубке, малышка, — ласково объясняю ей. — А ты быстренько глазки закроешь, потом откроешь, и мы уже на месте будем.

Дети наши все понимают, поэтому лезут обниматься. Они обнимаются, очень прося не умирать, плачут, и с ними уже и Ириша плачет. Любимая разлуку со мной очень тяжело переносит, пусть даже и ненадолго, поэтому прощание затягивается. Тут ничего не поделаешь, ибо многое нужно сделать, а в рубке посторонним, пусть даже и самым близким, не место. Уже и десант перешел в состояние сна, и Нюзин с Вен, так что пора. Чем дольше мы прощаемся, тем больше слез будет. Понимают это и малыши, укладываясь в капсулы, чтобы уснуть.

— Я чувствую: все будет хорошо, — говорит мне Ириша, — но все равно безумно страшно расставаться.

— Я знаю, милая, — вздыхаю я, целуя любимую на прощание. — Хочешь, и ты поспишь?

— Знаешь... — она задумывается. — Наверное, хочу.

— Правильное решение, — замечает Вэйгу. — Меньше стресса — дольше жизнь.

Это еще одна древняя поговорка, можно сказать, традиционная. У медиков свои традиции, такие же незыблемые, как и во флоте. Поэтому я улыбаюсь, а любимая прямо в комбинезоне укладывается в капсулу. В случае чего весь медотсек станет не слишком большим, но вполне самостоятельным кораблем. Впрочем, я считаю, что ничего не случится, да и Иришка так же думает, а то бы вцепилась в меня насмерть.

Вот она закрывает глаза, чтобы сладко уснуть, а я двигаюсь в сторону рубки. За спиной закрываются и герметизируются двери, я же по наитию поворачиваю налево — пустотные скафандры у нас тоже есть, но сейчас мне нужен просто шлем. Комбинезон, что на мне, сам по себе скафандр со множеством функций, а случиться может только пробой корпуса и утеря атмосферы. Папа в таких случаях говорит: «Случаи бывают разные».

Шлем легко ложится на комбинезон, с тихим шипением присасываясь. Теперь он одно целое с костюмом, а забрало закроется само в случае падения давления воздуха. Странно, что при погружении я за шлем не хватался, да и Иришка не спала, но с тех пор много воды утекло, мы в боях побывали, так что мало ли что случиться может... Челн у нас в трюме лежит. Хоть и выглядит так, как будто по нему кувалдой били, но жизнь Машеньки сохранить он смог, а это самое главное.

Усевшись за пульт командира, оглядываюсь, с удивлением обнаружив и Вен, хотя она, по идее, спать должна. Увидев мой взгляд, квазиживая улыбается, отчего мне вдруг спокойнее становится — все-таки класс пилотажа у нее повыше моего будет. Даже если не учитывать гиперскольжение, впервые опробованное именно мной...

Владарг Дельсат

— Ну не могу же я оставить тебя одного, командир, — объясняет она свое присутствие.

— Спасибо, — возвращаю я улыбку. — Ну что, как в древности говорили, «поехали»?

— Поехали, — кивает она мне, укладывая руки на манипуляторы.

— Витязь, начало скольжение по возвратной спирали, — подаю я первую команду.

— Всплытие подготовлено, начинаю движение, — отвечает мне разум корабля.

И вот в этот момент все начинает кружиться, вертеться, чего при погружении не наблюдалось. Перед экраном вдруг возникают столбы плазмы, но Вен спокойно обозначает переход на ручной режим маневрирования, после чего начинает с ювелирной точностью огибать их, а я в это время оперирую защитными полями, наблюдаю за состоянием корабля и радуюсь, что в шлеме не видно поднявшихся дыбом волос. Метрика гравитации меняется, отчего кажется, что корабль мотыляет, как в древнем блендере, но пока мы вроде бы справляемся.

Правильно я детей перевел в госпиталь: он в центре находится, и на него периферийные силы не воздействуют. Кажется, проходят часы, хотя вряд ли это так на самом деле. Мы будто выдираемся из прошлых времен, стремясь не просто в будущее, а именно в наше. И, будто сдаваясь нашей воле, с треском и лязгом корабль движется вперед.

Постепенно светлеют столбы плазмы, исчезает и вновь появляется гравитация, при этом факт следования инструкциям радует меня неимоверно — я к креслу пристегнут, ну и Вен, конечно, тоже. В какой-то момент отмечаю исчезновение ответа секции движителей, и в тот же момент мы вдруг оказываемся в Пространстве.

— Принимаю сигнал навигационного маяка, — сообщает мне «Витязь». — Доступно точное время.

На потрескавшемся экране высвечивается доказательство того, что девочки мои не ошиблись — мы прибыли почти в тот же день, что и убыли. Теперь надо бы узнать, не в альтернативе ли мы, но это уже потом выяснять будем, сначала я опрашиваю системы корабля. Ничего особо хорошего мне «Варяг» не рассказывает, так что детей и любимую пока будить не буду.

— Сигнал: «Нуждаюсь в помощи», — командую я разуму корабля, хотя понимаю, что и системам связи довольно грустно пришлось, но раз мы что-то принимаем, то и передать сможем совершенно точно.

«Витязь» даже подтвердить не успевает, как совсем недалеко от нас появляется очень знакомый мне эвакуатор. Сашка первым успел, причем он вряд ли услышал, скорей почувствовал. Или он, или Лика. Что же, это хорошо, значит, мы дома. Не отдавая команду, пальцами включаю связь.

— Здравствуй, сынок, — ласково, как будто он маленький еще, произношу я. — Мы вернулись.

Чуть ли не весь флот собрался в сравнительно небольшом пространстве. Дети мои, внуки, все хотят поглядеть на маму и папу, поэтому я прошу Вэйгу разбудить Иришу, ну и детей, кроме Маши, а «Витязь» пока стыкуется к «Варягу». Взять нас в трюм Сашка не может — опасается, что мой корабль от маневров рассыпется. Поэтому будет стыковка, ну и уберут всех из галерей.

— Да, Сашка, у вас одиннадцать братьев и сестер, — улыбаюсь я, хотя экран почти не работает. — Сейчас Вэйгу их поднимет, и знакомиться будем.

— А... Маша? — тихо спрашивает мамочка, конечно же, примчавшаяся вместе со всеми.

— Маша пока поспит, — тяжело вздыхаю я. — Судя по всему, у нее память отказала, кроме того она прошла очень многое, поэтому...

— Может бояться людей, — кивает Машка. — Но при этом принимает вас родителями, так?

— Так, — киваю я. — С ходу папой назвала, сказав, что я был в ее снах.

— Следовало ожидать, — произносит папа. — Ты чего дерганый такой?

— Да экран почти не работает, — объясняю я ему.

После этого объяснения родные мне люди и особенно сестренки отдают почти приказ — будить детей и переходить на «Варяг», где для них уже точно все готово. Я же пока прошу «Витязя» перекинуть на «Марс» полный протокол, встаю из кресла, ощутив легкое головокружение, но быстро с ним справляюсь. Нужно добраться до медотсека, Иришка уже должна была проснуться. Там детей соберем, а Машеньку прямо в капсуле, не надо ее пока людьми пугать, кто знает, как она к ним относится.

Я направляюсь в медотсек почти бегом, мне нужно поднять и успокоить детей, если разволнуются, при этом успеть до того момента, когда «Витязь» на составляющие рассыплется, не зря Сашка не рискнул его в трюм забирать. Межуровневый лифт представляет собой теперь просто наклонную поверхность, а сектора слева и справа

Владарг Дельсат

просто сплющены. Правильно я всех в медблок перевел, правильно.

Вбежав в медотсек, моментально попадаю в объятия сразу же расплакавшейся Иришки. Она обнимает меня так, как будто я на год уходил, не меньше, поэтому в первую очередь стараюсь успокоить ее. Увидят малыши плачущую маму, будет всеобщий рев, а этого нам пока не нужно. Так, для младших коляску, она на ходу, Машкина капсула поедет сама...

— Вэйгу, буди детей, — командую я. — Медкапсулу на автономный режим.

— Выполняю, — лаконично отвечает мне разум медотсека. — Сильно нас?

— За малым на запчасти не рассыпались, — отвечаю я Вэйгу. — Поэтому мы сейчас быстро топаем на «Варяг», пока Сашка от беспокойства за нами не прибежал.

— Сашка... — сквозь слезы произносит любимая. Видимо, имя сына что-то в ней переключает, потому что плач утихает. — Надо разбудить детей!

Вот теперь узнаю свою Иришу, включаясь в работу вместе с ней — погладить сыночков, вместе с ними пообнимать доченек, всех успокоить, а там и малышки... Думать некогда, при этом надо не дать им понять, что нужно бежать, потому что кто знает, в каком состоянии «Витязь» и сколько у нас времени.

— А сейчас мы с вами в волшебную страну пойдем, хотите? — интересуюсь я их мнением.

— Да-а-а-а! — дети нам доверяют уже, а котята изначально, потому младшие только широко улыбаются, а старшие уже готовы к свершениям.

— А Машенька пока поспит и так с нами пойдет, — объясняю я, трогая сенсор управления, чтобы синхронизировать с коммуникатором. Капсула чуть подлетает в воздух, готовая двигаться за нами. Ею сейчас коммуникатор управляет.

— Пошли? — немного напряженно улыбается Иришка, поглаживая котят и тех эльфят, что рядом с ней, я же занимаюсь остальными.

Мы выходим в сторону шлюза, куда уже должна быть подсоединена галерея, поэтому я не беспокоюсь. Сашка свое дело знает, я в него верю. При этом хорошо, что и Лика на борту, она подскажет в отношении котят. Мы идем спокойно, а я замечаю, что серьезно нашему «Витязю» досталось, просто очень серьезно. Трогаю сенсор коммуникатора.

— Вася, вы там живы? — негромко интересуюсь я.

— Твоими молитвами, — доносится до меня веселый голос командира десантников. — Чуть подкрасимся — и как новенькие будем!

— Десанту отбыть на «Марс», — вклинивается в наш разговор диспетчер группы.

Вот и хорошо, что квазиживые уцелели. Сейчас до «Варяга» дойдем, там детский городок есть, и фильмы, и много еще чего. Так что теперь будет полегче. Мнемограф еще есть у Сашки, скорее всего, потому что наш вышел из строя по неизвестной причине. Да и не рискнул бы я Машку через него проводить.

— Сообщение от наших новых друзей, — оживает мой коммуникатор. — Спасенная девочка очень боится людей, при этом не считая оными новых родителей.

— Мы уже догадались, — отвечаю я доченьке. — Спасибо, Маша.

— Это тетя Маша, да? — сразу же спрашивает она.

— Да, это именно она, — киваю я. — Только она теперь не тетя, а сестренка твоя, похоже. А еще у тебя много сестренок и два брата даже есть.

— Ждем, — коротко отвечает она, а я объясняю детям: — Сестренка ваша старшая очень беспокоится, их у вас много.

— Много сестер... — задумчиво произносит Луч. — А они нас...

— А они вас любят, — твердо произносит Иришка, и я вижу: ей верят.

Перед нами раскрываются двери шлюза, а за ними галерея, похожая на нору. Где-то я такое уже видел, именно такую конфигурацию переходной галереи. Четкое ощущение земли, корешки торчат, цветочки, светлячки туда-сюда летают, отчего внимание детей полностью занято. У Витьки, по-моему, так было сделано, не помню уже. И вот за каменными дверями, разъехавшимися перед нами — небо. Голубое небо, травка, дом детского городка, и больше ничего.

Капсула с Машкой уезжает в сторону местного госпиталя — это разум «Варяга» управление забрал, а дети оглядываются по сторонам. И есть у меня ощущение, что никогда они у нас не видели ни неба, ни облаков, ни солнца... При этом не пугаются, просто усаживаются на траву, ну а котята сразу же принимаются по ней ползать. Интересно, на корабле они совсем не ползали, а тут поди ж ты...

— Что это, папа? — тихо спрашивает меня Лесь, гладя траву.

— Это трава, сына, — отвечаю я ему. — Над нами небо, на нем солнце. Таков наш мир, наш дом.

— Дом... — Любава плачет, но не от страха — эмоции у нее.

— Мама! Папа! — доносится откуда-то сбоку, и на нас налетает Лика. Не утерпела дочка. — Я так скучала! А кто это?

Владарг Дельсат

— Это твои братья и сестры, — объясняет Иришка. — Ну-ка, давай знакомиться!

Девушку с кошачьими ушками совсем не пугаются наши дети. Нет у них внутреннего страха, потому что у них есть мы. Это заметно в каждом жесте малышей, стремящихся прикоснуться к нам с Иришей. А я подаю команду на коммуникатор, потому что, раз не пугаются, то можно знакомить.

С Машей так просто точно не будет.

# Глава пятнадцатая

## Светлана Винокурова

КОГДА СТАЛО ИЗВЕСТНО, ЧТО ДОЧЕНЬКА ЖИВА, МНЕ показалось — у меня сердце остановится. Но внучки помогли, конечно, а то получилось бы, как Сережа говорит, не смешно. Но... Прошло много лет, я уже смирилась с тем, что ее нет, поэтому мне сложно, конечно. Правда, тут еще проявились сложности, с которыми ко мне внучка пришла, Машенька. Припоминаю сейчас тот наш разговор.

— Бабушка, — обращается ко мне внучка, запечатлевшаяся на Сережу. — Я о тете Маше поговорить хочу.

— Давай поговорим, — улыбаюсь я ей, хотя уже

начинаю понимать, почему пришла именно она. — Бери пряники, твои любимые.

— Спасибо, — кивает мне бывшая когда-то такой малышкой внучка. — Мы думаем, — продолжает она, — зная Отверженных, что для тети Маши шок мог быть слишком большим.

— И? — прошу я ее продолжить фразу.

— Она могла забыть, — объясняет мне Машенька. — И вас, и прошлое, но, зная папу...

— Притянется к нему, потому что он не умеет иначе, — киваю я, ведь сына хорошо знаю. Отличный у нас сын, и дети им воспитаны правильно. — Тогда надо ему запись на условие, правильно?

— Ты не обидишься? — осторожно спрашивает она, при этом выражение лица у нее, как в детстве.

— Ну конечно, нет, — улыбаюсь ей, напоминая о том, как она сама родителей сменила.

Если малышка все забыла, ей нужен будет папа здесь и сейчас, и мама нужна будет, а кто лучше подходит на эту роль? Учителем стал мой сын, хотя в детстве бредил Пространством. Наставником, которого любит, кажется, вся планета, ведь и он показывает им каждый день, что такое — быть разумным. А мне будет достаточно видеть ребенка, которого мы с Витей не защитили. Именно это труднее всего принять — мы не защитили нашего ребенка, а должны были. И хоть невозможно это было, но совесть не уймешь. Так что буду бабушкой, что теперь делать...

Ушедший в свое путешествие Сережа появляется буквально через пару дней, как будто специально подгадав. Лика еще разродиться не успевает, а меня с мужем Машенька буквально с планеты сдергивает, ну и сестры ее, конечно... Поэтому движемся чуть ли не всем флотом. В древности дети бы такого папу канонизировали, а внучки шутят на тему того, насколько разрослась семья. Мы все еще не знаем: не всё так просто.

Корабль сына и дочки, конечно, в страшном состоянии, того и гляди рассыплется, но там уже никого нет. Десантников забрал «Марс», а дети у нас все у Сашки в гостях, он первым прибыл к папе своему. Лика выходит со мной на связь, рассказывая новости, которым уже и я удивляюсь.

— Представляешь, бабушка, мама с папой спасли троих котят, им полгода едва-едва! Но они в точности такие, как мои! — захлебываясь от восторга, рассказывает внученька. — А еще двое мальчишек и пятеро девочек, но они совсем не люди, ты должна их увидеть!

Конечно же, мы все переходим на «Варяг», как же иначе. Очень хочется увидеть Машеньку, но пока нельзя — ей в капсуле отращивают ноги. Саша как знал, укомплектовал эвакуатор костным материалом, так что еще несколько дней, и хорошо будет. Потом у Машеньки начнется реабилитация, а вот с сердцем будет решать центральный наш госпиталь. Потому что, судя по отчету медика «Витязя», там чуть ли не все внутренние органы надо менять, а это довольно сложная операция, и мгновенно она не делается. Но на ногах настоял Сережа, и все согласились, ведь «папа не может ошибаться».

Переходим на «Варяга», а там... Витя, муж мой, удивляется очень явственно, ведь он древние сказки читал. Вот и рассказывает мне о том, чем знамениты эти самые «эльфы», на которых похожи внуки и внучки. Сережа предлагает нам усесться возле детей и, покачивая в руках котят, начинает рассказывать. Сначала о нас своим детям, а потом уже о них нам.

— Это наша бабушка, — рассказывает обо мне Сережа. — И дедушка, конечно!

Я вслушиваюсь в его рассказ, едва не всхлипнув. Все эти годы и для меня, и для мужа любовь сына была нормой, но вот сейчас, слыша, как он говорит о нас, я многое понимаю. Его сыновняя любовь, почитание родителей и есть пример для собственных детей. И тут я уже задумываюсь: а так ли мы хороши как родители?

Владарг Дельсат

Однако долго раздумывать у меня не выходит. Сережа представляет взрослых дочек, они же смотрят на обретенных братьев и сестер с такой лаской, что она физически ощущается просто, отчего «эльфята», разумеется, плачут. Я уже знаю их историю: дикая раса, генетически не принимающая чужих детей. На самом деле мне это кажется надуманным, ведь хотели бы — решили эту проблему, но, видимо, не хотели.

Дав младшим немного прийти в себя в объятиях старших, Сережа с Иришей продолжают нас представлять друг другу. Наступает, видимо, очередь детей, и начинают они с самых младших. Полугодовалые, совсем маленькие котята смело залезают на нас с Витей, радостно улыбаясь. Вот кто совершенно точно никогда не знал боли и страха, маленькие они еще, да и нашли их вовремя.

— А кто это у нас такие веселые? — интересуюсь я у котят, которые пока просто урчат, но не говорят.

— А это наши самые младшие, мама, — с улыбкой отвечает Сережа. — Зовут нас Марфушей, Мариной и Иришей, имена у нас мурлыкательные, специально для таких лапочек.

— Действительно, лапочки, — улыбается наш папа, придерживая пытающуюся с него упасть Иришу. В честь мамы назвали, скорей всего.

— Сыночки наши, Лучезар и Лесьяр, но мы их

просто Луч и Лесь зовем, — начинает представление с мальчиков доченька моя. — Знаешь, мама, когда они остались одни, именно мальчики заботились о сестренках, спасая их даже от самих себя.

— А вот у нас девочки наши, — продолжает за ней Сережа. — Ладушка, Ланушка, Любавушка, Людушка и Любушка. Они у нас лапочки просто, но вот детский сад под большим вопросом, так что будем думать, а пока...

А пока у нас есть возможность пообнимать внучат, а у старших внучек буквально обернуть тех в тепло своих душ. Сережа очень правильно детей воспитал, это сразу заметно. Ну и Машенька... Увидеть бы ее, взять на руки, прижать к себе мою малышку. Звезды великие, жива моя маленькая...

— Маша Сережу во сне видела, — негромко объясняет мне Иришка. — Поэтому я не знаю, что будет, учитывая ее самый страшный кошмар.

— Мужчины или женщины? — интересуется мой муж, а я уже понимаю, тихо всхлипнув.

— Люди, папа, — тяжело вздохнув, отвечает Иришка. — И я просто не знаю...

— Мы все решим, любимая, — прижимает ее к себе сын. — Обязательно.

И столько в его голосе уверенности, что верю даже я. Мы действительно все решим, ведь мы разумные.

## Мария Винокурова

Вся история с папиным полетом непростая получается. Во-первых, опять прямое вмешательство Творцов, да еще и явная суета с их стороны... Жаль, невозможно их об этом спросить. Сдается мне, не так все просто ни с Аленкой, ни с тетей Машей. Надеюсь, однажды мы это узнаем, а пока я вижу, что дети-«эльфята» совсем нас не пугаются, при этом абсолютно просто верят папе и маме, что для нас дело обычное.

Тетя Маша, судя по всему, просто Машей стала, приняв папу и маму полностью. Поэтому я радуюсь тому, что бабушку подготовила, а вот сейчас разбираюсь с новыми друзьями. Обмен у нас хорошо проходит, мы нашли многие точки соприкосновения, и вот теперь меня вызывает Арх — это наставник Творцов, насколько я поняла объяснения. Кстати, ноги у тети Маши растут необыкновенно быстро, так просто не бывает, но факт есть факт. Врачей я притащила всех, до кого добралась, но и они поражаются скорости роста.

— Очень необычно, Марь Сергевна, — кивает профессор Вавилов, разглядывая протокол. — Ноги будто и не растут, а восстанавливаются, проявляясь. С таким мы раньше не встречались.

— Девочка — творец, — сообщаю я ему. — Здесь может быть связь?

— Ну вы же знаете — творцов мало, — вздыхает он. — Мы о них почти ничего и не знаем, так что быть может что угодно. Будем наблюдать, а вот ливер ей бы полностью сменить.

Это он о внутренних органах. Кстати, спасенные папой и мамой малышки-котята, с одной стороны, полностью идентичны Аленке, ее маме и троим остальным, но не содержат Машиного генокода. И вот тут у меня появляется подозрение: Машин генокод мы выяснили лишь для того, чтобы поверить в то, что она жива. То есть отметились Творцы. Если принять эту версию, тогда все получается логично. Надо с девочками эту мысль обдумать, но она вполне вероятна. Чуть ли не колдуны из сказок получаются эти Творцы... Жалко, что с ними не поговоришь, но пока меня зовут на разговор наши новые друзья, поэтому стоит поторопиться.

Я выхожу из госпиталя эвакуатора, двинувшись в сторону переходной галереи. С нашими новыми друзьями говорить лучше с «Марса», он более приспособлен. Несмотря на то, что это фактически линкор, за прошедшее время «Марс» стал практически точкой базирования группы Контакта, ибо друзей медленно, но верно становится все больше. И это, по-моему, хорошо.

Владарг Дельсат

Двигаясь по галерее, раздумываю о происходящем. Тетя Маша, скорее всего, людей боится, причем всех, кроме родителей. Значит, надо нам поначалу маски или просто ушки, чтобы не пугать малышку. И тогда будет правильным ей с Аленкой и Ликой поговорить, судя по всему. Да, имеет смысл попробовать, но не сразу, ибо скорый рост ног их быстрого восстановления не означает.

— Новые друзья на связи, — извещает меня разум «Марса».

— Пять минут, — прошу я его, зная, что кто-то из группы с ними в контакте.

Интересно, почему они нас позвали? У них, кстати, мнемограф есть, который не будит память, поэтому, наверное, можно будет попросить посмотреть тетю Машеньку, хотя что с ней делали, я уже могу себе представить — после сестренок, после Настеньки, после Лики... Но разница еще и в том, что тетя Маша изначально отсюда была, и удар для нее оказался во много раз страшнее. Сестренки-то ничего другого не знали, племянницы не помнили, а вот тете Маше... Для нее это было крушение всего мира, и как она будет реагировать, даже психиатры ответить не могут. Нет у Человечества такого опыта.

Вот и зал связи. Нашим новым друзьям не очень комфортно в чужих помещениях, при этом они учитывают, что и нам некомфортно в скафандре. Поэтому мы разговариваем не очно, а по связи, что в большей степени комфортно и им, и нам.

Появившийся на экране Арх делает щупальцами знак внимания и важной информации, о чем свидетельствует текст автопереводчика по низу экрана. Арх внимательно смотрит на меня, я же понимаю, чего от меня ждут, изгибая руки в жесте готовности к разговору. Больно, между прочим, но ничего не поделаешь — таковы особенности расы. И язык их... Но с нами они говорят на Всеобщем, неизвестно откуда им знакомом.

— Вы привели сюда дитя вашего вида, — произносит Арх, — с активным даром; кроме того, на большом шаре еще трое со спящим.

— Дитя — потерянная нашей семьей сестра, — объясняю я ему. — Долгое время она считалась умершей, но нам помогли узнать.

— Творцы, — констатирует он.

— Творцы, — помахав руками в жесте согласия, отвечаю я. Подсказка на экране демонстрирует правильный жест.

— Она очень боится людей, — сообщает мне Арх, а я раздумываю о том, кто может быть со спящим даром творца из привезенных папой. — Может легко испугаться.

— Маму и папу приняла, — вздыхаю я. — А мы

Владарг Дельсат

ушки наденем, чтобы не походить на людей. Как ноги сформируются, придется будить, чтобы состояние психики оценить.

— Трое со спящим даром, — не отвечая мне, продолжает говорить наставник творцов. — Дети иного мира.

Тут до меня доходит, о чем именно он говорит. Многообразие даров пока встречается только у Человечества, друзья же пока ограничены одним-двумя типами, вот и у новых наших друзей встречается только дар творца и более никакие, поэтому для них было большим сюрпризом узнать, что есть и прочие. Но вот то, что он мне сейчас сказал, означает, что дети пришли из совсем иного мира, возможно, в попытке спастись, и послужили, получается, заготовкой для... Протокол я просмотрела, так что понимаю, о чем там речь. Наши предыдущие выкладки почти ничего не стоят, кроме того факта, что охота была в том числе и за нашими детьми. Может ли так быть, что именно поэтому?

— Скажи, Арх, тебе знаком такой корабль? — я приказываю «Марсу» продемонстрировать корабль «чужих» из Витькиной записи.

Пока он собирается с мыслями, я уже прослеживаю прямую зависимость. Если дар творца был характерен именно для тех народов, что и составили Человечество, тогда, получается, дело не в этнической группе, а именно в нем. То есть «чужие» старались уничтожить всех носителей дара, а вовсе не нас, как этническую группу. А вот Отверженные им по какой-то причине искренне помогали.

— Это корабли черной смерти, — отвечает мне Арх. — Они нападают на планеты, уничтожая всех, в первую очередь детей.

— Уже не нападают, — хмыкаю я, приказав «Марсу» передать полный объем информации.

Все же кто у нас со спящим даром творца? Неужели котята?

# Глава шестнадцатая

## Маша

Она держит меня в щупальцах, а я чувствую ее как-то иначе, чем было раньше, и еще Арх, тот самый дяденька-наставник, чуточку иначе выглядит, а я не могу понять, что изменилось. Тем не менее рассказываю Крахе о том, что я умерла, поэтому у меня теперь есть мамочка и папочка, а еще семь братиков и сестренок с острыми ушками и три сестренки, на котят похожие, только они очень маленькие и спят все время.

— А почему ты чуточку другая? — спрашиваю я Краху.

— Потому что прошло очень много лет, — вздыхает она. Ну жест такой делает щупальцами, он как вздох. — Мы с тобой виделись давно в последний раз, а теперь ты опять здесь. Это значит, тебя нашли твои близкие.

— Ну да, я же умерла! — улыбаюсь я. — У меня есть мама и папа, и никаких людей больше!

— Трудно им будет, — вздыхает она. — Учитель?

— Мы предупредим наших друзей, — складывает щупальца в знаке согласия он. — Они восстановят малышку, а затем мы будем учить ее быть творцом.

Мне еще рассказывают о том, что мои родные не побоялись меня искать даже в другом времени, но я не помню свою прошлую жизнь, поэтому мне не очень просто. Я же не знаю, что это за «родные» и зачем я им. А вдруг они меня мучить хотят или играть мной? И не хочу я никаких родных, у меня есть мамочка и папочка и братья с сестрами!

— Ты помнишь Аленку? — интересуется у меня Краха.

— Она меня честно спасти пыталась, — объясняю я ей. — Только не получилось ничего, потому что там еще страшнее было.

— Она пережгла свой дар, но спаслась, — сообщает мне Арх. — Спаслась и спасла свою маму, поэтому вы совершенно точно увидитесь и тогда она вспомнит, кем была.

Я рассказываю Арху о том, что Аленка меня

Владарг Дельсат

мамой называть пыталась, но останавливала себя, а потом — что было дальше. Он только вздыхает, но ничего не говорит, а мне комфортно в щупальцах, поэтому совсем не хочу их покидать. Краха подносит меня к шару. Он как экран, потому что на нем все видно, но внутри серо и не видно ничего. Что это означает, я не понимаю.

— Малышка полностью память утратила, — сложив щупальца в жесте горечи, произносит Арх. — Нашим друзьям придется начинать с самого сначала.

— Они поймут друг друга, — Краха в этом твердо уверена, а мне, кажется, все равно. При этом у меня такое ощущение возникает, что я слишком уж долго сплю.

В этот самый момент исчезают Краха и Арх, да и весь класс, а передо мной появляется Аленка такой, какой она в той комнате из камня была. Я понимаю, что это воспоминание, а не реальность, но вот это самое воспоминание я почему-то почти не помню, ведь Аленка тогда себя немного странно вела, как будто точно знала... Но что она знала?

— Когда придет время, ты вспомнишь, — говорит она мне, глядя, кажется, в самую душу. — Ты вспомнишь многое, но у тебя уже будут родные.

— А ты? — спрашиваю ее. Я в этот момент совершенно точно не понимаю, о чем она говорит.

— А у меня будет мама... — мечтательно отвечает она мне. — И папа будет еще... Представляешь, настоящая мама!

Только теперь я ее понимаю, на самом деле. У меня появилась настоящая мама, и папа, который снился мне в самое страшное время. Его руки, его голос, его тепло. У меня есть братья и сестры, совсем на людей не похожие, а еще... Еще папа обещал мне сказку. Ну, раз я умерла, то положена сказка, ведь так правильно! Может ли быть, что в сказке даже люди будут хорошими? Я не знаю ответа на этот вопрос, но пытаюсь представить, что живу среди людей и они хорошие.

Представляется с большим трудом, потому что я их боюсь на самом деле, но тут как будто слышу Аленкин голос. И она спрашивает меня о том, что нужно сделать, чтобы я поверила, но я ведь правда не знаю! Вот если представить, что ко мне подходит человек, как поверить в то, что он не будет меня бить? Как узнать, когда сказка начнется? Наверное, должно произойти что-то совсем небывалое... Ну вот, допустим, у меня ножки отрастут, как мамочка сказала.

Я представляю, что у меня есть ножки, и понимаю: да, тогда я в сказку поверю и, наверное, не буду всех бояться, но вот так ли это, я не знаю. По-видимому, когда проснусь, сразу же узнаю — уже

Владарг Дельсат

сказка, или еще надо потерпеть? Надо будет папу спросить, потому что он же все на свете знает! Это же папа, он не может не знать. Вот проснусь и сразу спрошу.

Наверное, мне пришла пора просыпаться, потому что я слышу какие-то звуки, но глаза еще не открываю, немножко страшно мне и как-то необычно совсем. Но все равно пора просыпаться, чтобы узнать, сказка уже пришла или нет? Мне очень-очень хочется узнать — она уже тут?

— Доченька проснулась, — слышу я такой родной, самый лучший на свете голос.

— Папочка... — шепчу я, открывая глаза, при этом вижу только его. — Ты есть...

— Я всегда буду, — отвечает он, очень бережно беря меня на руки, при этом у меня ощущение, как будто я выросла.

И вот, когда он меня перекладывает на ровную поверхность, я понимаю: у меня есть ощущения там, где давно не было, я... я... Я визжу, как только осознаю это. Приподнявшись, я даже вижу комбинезон, который папа медленно натягивает на мои... ноги. У меня ноги есть! Ноги! Все, как он обещал! Я радуюсь и плачу одновременно, и тут появляется мама, с тревогой — я чувствую это — вглядываясь в мои глаза. Я и объяснить ничего не могу, только визжать, и все.

— Доченька ноги увидела, — ласково объясняет папа маме. — Только они у нас совсем недавно появились и еще не ходят, тренировать их надо.

— Но у Алены... — мама осекается, а я затихаю, потому что визжать и щупать ножки одновременно не получается.

— Вспомни, что было в протоколе, — советует папа. — Буквально с нуля пришлось, потому и долго.

— Тогда наша доченька сейчас пересядет в капсулу, потому что не умеет новыми ножками пользоваться, — она говорит так ласково, что я даже не расстраиваюсь. — Мы двинемся к братьям и сестрам, а потом будем знакомиться еще.

— Знакомиться? — не понимаю я, но мамочка обнимает меня так ласково, а папа берет на руки, поэтому я забываю свой вопрос.

Не знаю, что именно произошло и почему папа говорит о «долго», но я согласна потерпеть, потому что он лучше знает, как правильно. И вот он меня сажает в лодочку такую белую, она над полом плывет; мама при этом говорит, что нужно думать, куда хочешь направиться, и лодочка сама сможет понять. Ну, а если нет, то сверху рычажок есть — вперед, назад, вправо, влево. Это очень интересно, и мне еще любопытно, конечно.

Я лечу за родителями, а потом за раскрывши-мися дверями вдруг появляется... Небо, солнце,

Владарг Дельсат

трава... Я точно в сказке, значит... Больше не будет плохо?

## Сергей

Двигаясь впереди Машеньки, я замечаю, что сестренки мои любимые обо всем подумали. У них на головах ушки, похожие на собачьи, при этом не совсем неподвижные. Еще я вижу Лику, правда, без Сашки, отчего ей некомфортно, наверное. Так что сейчас будем знакомиться и пытаться наладить общение. Язык у Машеньки не изменился, что говорить может о многом, но с выводами пока торопиться не будем.

Звезды великие, живая Машенька! Уже единожды похороненная, она робко улыбается сестрам. Да, она воспринимает меня как папу, а не как брата, отчего до слез жалко маму, но пока иначе никак. Доктора считают, что не нужно ничего менять, потому что неизвестно, что у нее в памяти сохранилось, ведь для малышки обрушился мир.

— Здравствуй, — радостно улыбающиеся дочки мои обступают капсулу, в которой пока передвигается Машенька. — Наконец-то тебя нашли! Ты нас, наверное, не помнишь, поэтому... будем знакомиться?

— Будем... — шепотом отвечает она, во все глаза глядя на искренне ей радующихся взрослых теть.

Мамочка смотрит на Машу и плачет. Иришка бросается к ней со всех ног, а она просто плачет, не в силах сдержаться, и я понимаю ее. Живая Маша... пусть она не знает маму и папу сейчас, пусть боится людей, но она жива... Любимая подводит маму к моментально оказавшейся в ее руках Машеньке.

— Ты не страшная, — сообщает ей ставшая дочкой сестра. — И я тебя откуда-то знаю, только не помню.

— Маленькая моя... — шепчет наша мамочка. — Родная...

Она себя сейчас не контролирует, лишь прижимает к себе обретенное дитя. Надо поговорить с нашими новыми друзьями, вдруг существует хоть какая-нибудь вероятность восстановить память Машеньке. Ну а пока она ничуть не возражает против объятий, даже глаза прикрывает, явно оценивая свои ощущения. Что-то ей подсказывает память, но дочка просто очень сильно устает. И вот тут мне в голову мысль приходит...

— Лика, доченька, — я обращаю на себя внимание доченьки, которой уже и рожать скоро. — Аленка сейчас где?

— С Сашей и сестрами, — сразу же отвечает

она. — Я не удержалась, хотела на котят посмотреть.

— И как ощущения? — интересуюсь я у нее.

— Они немного другие, — подумав, отвечает она мне, а вот Машка, которая старшая, сразу же явственно удивляется.

— Аленку позови, — прошу я доченьку. — Есть у меня ощущение правильности этого шага.

— Да, папа, — кивает она, сразу же убегая. Мама в это время все еще обнимает Машеньку и плачет. Кажется, нет таких сил, могущих их расцепить, да и не рискнет никто.

В этот самый момент старшая Машка рывком подносит коммуникатор к носу, а потом резко срывается с места. Я вижу, она не просто удивлена, она поражена. За ней хочет уже уйти Лера, но я останавливаю ее. Мне отчего-то важно узнать, что именно случилось. При этом я понимаю, что это может быть, но мне нужно подтверждение.

— Корабль Творцов, папа, — коротко произносит она, а затем быстро убегает.

Я понимаю, отчего они сбежали — группа Контакта поднята по тревоге, ибо Творцы это не игры. Огромной силы и знаний существа, вступающие в разговор крайне редко, они очень не зря сейчас появились совсем рядом с нашими кораблями. Как-то они очень тесно связаны с Аленкой и

Машкой, вот есть у меня такое ощущение. Что это значит, я, впрочем, не понимаю, но мне и не надо пока.

Мамочка отпускает Машу, усаживая ее обратно в капсулу, а Машенька тоже плачет, но вот отчего, я не понимаю. Ириша гладит доченьку, отрываются от игры, подходя поближе, наши младшие. Такое чувство возникает, как в детстве — ожидание чуда. Совершенно необычное, невозможное, оно растет внутри меня, заставляя нервничать, но я цепко держу себя в руках, стараясь ничем не показать своего ощущения.

И вот, держась за руку Лики, в зал входит Аленка. Улыбающаяся девочка осматривает рекреационную зону, но тут она замечает Машу. Глаза ее становятся больше, Аленка отпускает маму, подбегая к капсуле Машки, и очень мягко опускается на пол. Глаза смотрят в глаза, руки встречаются, и дети замирают.

— Что же, дитя, ты добилась своего, — звучит громкий голос оттуда, где еще минуту назад никого не было. Обернувшись, я вижу высокого мужчину с острыми, но небольшими ушами и будто залитыми серебром глазами — все, как Витька описывал.

— Здравствуй, Творец, — здороваюсь я с ним. — Что происходит?

— Догадался, да? — улыбается он. Открыто

Владарг Дельсат

улыбается, искренне. — Я расскажу тебе историю, они пока потеряны для мира.

— С интересом послушаю, — отвечаю ему, включая запись на коммуникаторе, хоть это и бессмысленно — запись уже идет, разум корабля тоже понимание имеет.

— Когда-то очень давно, — начинает Творец напевный рассказ, — патрульный корабль нашел спасательную капсулу, в которой находилась мертвая особь. Человеческая женщина-творец. Это не могло не заинтересовать нас, ведь в этом даре — основа нашего существования.

Но это, разумеется, ничего не объясняло. В погибшей женщине обнаружили замерший в развитии зародыш, который смогли извлечь, оживить и развить достаточно для того, чтобы на свет появилось дитя. Необычные для расы ушки ребенка наводили на определенные размышления, но при этом она обладала даром творца. Когда Аленка, а это была она, подросла, она захотела все исправить — чтобы мама была жива. Детское желание, ибо взрослый подумал бы над последствиями, но ребенок есть ребенок. И, приняв свое решение, она решила занять место мамы, а ее спасти. Именно поэтому Маша для Аленки мама...

— Но так как в дело полез именно ребенок, то многое перепуталось, — объясняет мне Творец. —

Впрочем, подумав, мы решили, что малышка имеет право.

— Вы ей помогали, — улыбаюсь я. — Но она прошла через настоящий ад.

— Что такое «ад», мы не знаем, — отвечает мне он. — Но она сама выбрала, а выбор разумного важен. Даже если это ребенок. Погибнуть она не могла, это совершенно точно.

— И теперь? — спрашиваю я.

— Ее дар активируется, — объясняет мне Творец. — Она сделает свой выбор, подарив память своей... маме. А дальше у вас будет непростой путь.

— Память о том, что с ней делали? — интересуюсь я, понимая: надо медиков известить, ибо от таких новостей может сердце остановиться.

— Нет, человек Сергей, — качает он головой. — Сам увидишь.

И во мне разгорается надежда на то, что все будет хорошо. Очень большая надежда горит во мне негасимым огнем, поэтому я жду, чем закончится молчаливый разговор двух девочек, одна из которых пошла буквально на все ради своей мамы.

# Глава семнадцатая

## Аленка

Я играю с младшими, пока мамочка смотрит на новеньких, она так сказала. Попозже, когда можно будет, мне тоже покажут и даже познакомят, а пока нельзя, потому что испугаются они, наверное, как я в самом начале, поэтому пугать не будем. Мне кажется, сегодня произойдет что-то очень важное, только я не знаю, что именно, поэтому просто играюсь, ну и вылизываю малышей, конечно, потому что им нужно, а я сестренка. Значит, мне можно, ведь я же не чужая.

— Аленка, — в каюту мамочка входит, и мы все одновременно к ней тянемся, потому что это мама.

— Пойдем, папа говорит, ты нужна.

— А младшие? — удивляюсь я.

— С младшими наш папа посидит, — улыбается мне мама. — Пойдем?

Я натягиваю платье, белое, красивое, а еще на нем синие цветочки есть. Потому что если мамочка сказала, что дедушка попросил, значит, это действительно надо. Дедушка у нас самый-самый, и он действительно лучше знает, как правильно, так мамочка говорит, и папочка тоже. Он для них, как они для нас, вот. Поэтому я берусь за мамину руку и иду с ней туда, куда она ведет, а внутри чувствую — вот оно, мы приближаемся к чему-то очень важному. Двери лифта открываются перед нами, а я уже улыбаюсь, потому что знаю: все будет хорошо.

— Папина сестра стала его дочкой, потому что не может никого принять, — негромко объясняет мне мамочка. — А бабушка... Ей так тяжело...

— Я помогу ей, — думая, что поняла, почему меня позвали, я уже смелее иду вперед сквозь раскрывшиеся двери подъемника.

За ним госпиталь и чуть дальше — большой рекреационный зал. Папин корабль я хорошо знаю, поэтому иду уверенно, не особо глядя по сторонам. Сейчас я бабушку поглажу, и она снова заулыбается. А еще на котят, может быть, разрешат посмотреть. Вылизывать я их не буду, а то они сразу нашими станут, я по себе знаю, но хоть поиграю, играть-то можно.

Вот наконец рекреационный зал, в который я смело ступаю, но сразу же застываю на мгновение. Я знаю эту девочку, она мне очень важна, поэтому, отцепившись от мамы, бегу к ней, чтобы вглядеться в ее глаза, дотронуться рукой, сказать... И стоит нашим рукам соприкоснуться — мир исчезает. Мне кажется, что зал вокруг, все люди, даже мама — все пропадает, но я не пугаюсь, потому что сейчас становлюсь вдруг старше.

Я стою в круглой комнате, всхлипывая, а рядом со мной обнаруживается высокий, в два или даже в три раза длиннее меня, дядя. Я знаю, что не принимаю в папы и мамы никого из них, хотя они стараются, но, наверное, просто не умеют. Передо мной в воздухе вращается изображение тетеньки, она мертвая, но такая родная, что я просто плачу.

— Ты чувствуешь, — вздыхает этот дяденька. — Такой была твоя мама. Мы поздно ее нашли и спасти уже не могли, но она до последнего вздоха старалась спасти тебя.

— Я найду тебя, мамочка, — шепчу я так, чтобы не слышал дядька. — Я спасу тебя!

Мы Творцы, так нас зовут и развивающиеся

народы, и те, кто уже нашел свой путь. Когда-то давно мы были таким народом, для которого дети стали превыше всего, но, развившись, мы вынуждены стали следить за тем, чтобы не умирало слишком много людей, потому что это делает плохо Галактике. Поэтому мы, конечно, умеем двигаться в потоке времени. И вот я, решив спасти мамочку, убегаю...

Я подозреваю, старшие знают о том, что я задумала, но почему-то не мешают мне. Иногда они, кажется, даже помогают, хоть и почти незаметно. Я и не задаюсь вопросом почему, ведь для меня важна моя мамочка, та, которую я видела только на изображениях. Я хочу ее спасти как можно скорее, потому что для меня это очень важно. И вот я нахожу ее... Она совсем маленькая, меньше меня, замученная, со страшным номером на груди, который подтверждает — это она, ведь у нее мертвой он тоже был. Я смотрю на нее, понимая: все делаю я правильно, иначе нельзя.

Я отдаю свой дар мамочке и только надеюсь, что в измененной реальности она будет счастлива. А мой выбор — остаться вместо нее, чтобы злые нелюди ничего не поняли. Вот когда мамочка исчезает, я вдруг оказываюсь в воздухе, а напротив меня стоит тот же самый дяденька. Он Творец, я знаю, а я уже нет, но точно ни о чем не жалею.

Владарг Дельсат

— Ты придумала себе историю, — он не спрашивает, потому что сам знает, даже очень хорошо. — Зачем тебе нужно пройти сквозь муки?

— Я стану маленькой, — объясняю я ему, всхлипнув, потому что я полечила немножко мамочку и теперь у меня мысли путаются. — И у меня потом мама появится!

— Мама... — он грустно смотрит на меня, а потом тянется, чтобы погладить. — Постарайся не сойти с ума, малышка.

— Мамочка почти, но я ее полечила! — хвастаюсь я ему, потому что не знаю еще, что меня ждет, но верю: я все-все выдержу, чтобы была мама. И в этот самый момент память гаснет.

Я смотрю в глаза той, что когда-то, уже не здесь, была моей мамой. Ее замучили, почти уничтожили злые нелюди, отчего она сошла с ума, я видела. Но теперь у нее есть я, но... так неправильно. У Маши есть мама и папа, которых она не помнит, отчего им очень плакательно. Я тянусь к ней, не очень понимая, что делаю, но, увидев отблеск чего-то непонятного в ее глазах, понимаю — так и надо.

Я очень хочу, чтобы Маша, которая не станет моей мамочкой, вспомнила свою жизнь до того, как ее украли. Маму, папу, хоть они и постарели, чтобы ей снова стало спокойнее, хотя полностью она не доверится, а будет бояться, но с этим взрослые точно справятся. Мне очень нужно, чтобы она вспомнила, потому что это очень важно. И я прошу то ли Звезды, то ли само Мироздание помочь мне, потому что это же она.

И вот у меня внутри зажигается какая-то искорка, она становится огоньком, а мама... Маша! — она очень сильно удивляется, а еще как будто что-то понимает. У нее глаза сначала удивленные становятся, а потом она просто плачет. Я знаю почему — к ней память возвращается, и это больно немного, но она справится. Уже и улыбаюсь ей, обнимая и зная: у нее все будет хорошо.

В этот самый момент я слышу голос, похожий на того самого дяденьку. Ну, который мне о маме рассказывал. Сейчас он говорит, что я выбрала сама, поэтому буду маленькой, а потом учиться надо будет, потому что мне так комфортнее. А еще меня оставят здесь, с мамочкой, папочкой и сестренками, ведь так правильно. Вот от этого я улыбаюсь очень солнечно, а Маша тоже улыбается, но потом поворачивается в сторону и...


## Маша

Она смотрит в мои глаза, и я вижу теперь. Я вижу жизнь ребенка, отдавшего все ради того, чтобы спасти свою мамочку. Спасти... меня? Там, где ее не было в моей жизни, я сошла с ума, это очень хорошо заметно, да и когда Аленка появилась, я уже тоже... Я понимаю отчего, потому что в этот момент я будто старше становлюсь и уже все понимаю. Знаю, что это только на время, и, наверное, это хорошо.

Но вот тут вдруг все меняется, что-то всплывает из глубин моей памяти, и я вдруг становлюсь Машей Винокуровой. Не объектом, не номером, а девочкой, у которой есть мама, папа и братик. Подсознательно ожидая увидеть папу, я замечаю — он совсем другой, и мама другая, а меня держит в руках, рассказывая о том, какое я чудо... брат, Сережа. Вот почему я его вспомнила...

...Сегодня мы проходили один из периодов Темных Веков, страшный, как и все Темные Века... После этого урока очень хочется плакать, но без прошлого нет будущего, и, чтобы понимать, почему мы живем так, а не иначе, нужно знать Историю... Мне это совсем внезапно вспоминается, именно суть урока, в котором были загоны для людей, где их клеймили и относились хуже, чем к животным. И тут я понимаю, почему меня назвали номером, а не человеком. Значит, те, которые это сделали, только выглядели людьми!

И стоит мне подумать о брате, как новая мысльобраз появляется перед глазами. Братик из своей Академии только к вечеру вернется, он у меня пилотом звездолета будет, а кем я буду, еще не знаю, потому что мне восемь всего. Сережа у меня самый лучший, заботливый, внимательный, и я его, конечно же, сильно люблю. Конечно же, я его сильно люблю, ведь он мой папа! Но у меня, получается, еще мама и папа есть, а как тогда? Надо папу спросить, потому что он точно знает, как правильно!

И я вижу, забегая домой, своего самого близкого, самого любимого человека. Не сдержавшись, я радостно визжу, этим показывая, что я дома, а перед глазами седая тетя, прижавшая меня к себе. Как же ей было, наверное, трудно отпустить меня! Я бы никогда не выпустила, а ведь она приняла то, что я называю мамой другую... Это мама! Мамочка! Но... Но у меня же еще мама есть? Что мне делать? А перед глазами...

— Мамочка, я дома! — весело кричу я, сразу же запрыгивая на своего родного человека.

— Здравствуй, егоза, — улыбается мне мама. — Как в школе?

От этой сцены я просто плачу. Не слыша даже, что отвечает та «я», просто плачу, не в силах сдержаться, потому что, получается, у меня две мамы, и я делаю им больно... Она меня кормит, гладит и лаской буквально затапливает все вокруг. А потом приходит папа, надежный, как скала. Здесь я знаю, что он большой начальник, но всегда готов отложить все свои заботы ради нас с Сережей, который теперь тоже папа. А еще...

Вокруг меня люди, и они совсем нестрашные, но я понимаю: мне все равно будет не по себе... Вот я отправляюсь к доктору. Почему-то я не говорю родителям об этом, забываю, наверное. Вот я иду к незнакомому врачу, и я вижу — он незнакомый и фальшивый какой-то. Этот доктор достает черный куб, и я просто падаю. То есть та Маша падает, а я как будто сверху вижу, как он меня раздевает, потом тыкает какими-то иглами, потом еще что-то делает. И говорит при этом, что я очень дорогая находка.

Та Маша об этом не помнит, зато я теперь знаю, что произошло. Видимо, оттого, что я маму с собой не взяла или братика, а решила быть самостоятельной, все и случилось. Глупой я была, наверное, но разве могла подумать та Маша, что ей что-то угрожает? Это я теперь знаю, а тогда... Скорее всего, нет. Надо папочке обязательно про того доктора рассказать, потому что я его боюсь. Наверное, всех их пока боюсь, ведь они страшные.

— Мама, Маше надо успокоительное на ночь, —

произносит сидящий рядом со мной Сережа. — Кошмары могут быть.

И мне очень плакательно, потому что... Знал бы ты, братик, ставший папой, что такое настоящий кошмар. Глупая Машенька тоже этого совсем не знала. Я смотрю на них, начиная чувствовать: моя память показывает мне все это. У меня есть мама и папа, они меня любят просто бесконечно, но еще есть и Сережа, кого я приняла папой, и не хочу, чтобы он им не был. Я не знаю, как правильно поступить...

Вот он хватает взвизгнувшую меня на руки и подбрасывает к потолку, отчего я заливисто смеюсь, потому что очень мне это нравится. И на руках у него сидеть мне нравится, хотя я уже большая девочка, но это же он. В каждом из этих видений всегда рядом он. Утешающий меня, глядящий, носящий на руках, хоть я и тяжеловата, наверное, везде есть он. Мой брат... Но сейчас он папа! От этого несоответствия я хочу просто плакать, но вместо этого...

И-и-и-и! Прямо из зависшего над водной гладью электролета сигаю в озеро. И наслаждение полетом такое, как в первый раз. Достав почти до дна, всплываю, чтобы отфыркаться и улечься на воду, глядя в огромное голубое небо, на котором сегодня ни облачка. Покой разливается по телу, и

Владарг Дельсат

кажется мне, что я просто плыву не по воде, а в воздухе, посреди зеленых елей... И лишь сейчас я понимаю, как мне правильно поступить надо. Я разрываю контакт с Аленкой, поворачиваясь к маме. Протягиваю к ней руки, как в картинах памяти, и моментально оказываюсь в ее объятиях.

Я обнимаю ее, глажу, прошу прощения и шепчу о том, как я ее люблю, а она плачет. Плачет и целует меня, а я ее, и кажется мне — все замирают вокруг, потому что это мгновение только наше: моей мамы и ее вновь обретенной дочери.

— Мамочка, а можно у меня два папы будет? — жалобно спрашиваю я ее, на что она только улыбается.

— Можно, егоза, можно... — мама прижимает меня к себе таким знакомым жестом, называя, как в детстве, и не может остановить слез.

И тут нас обнимают бесконечно надежные руки папы, и тот папа, который брат, он тоже обнимает, и вторая мамочка. Я просто прячусь в них ото всех, чтобы никогда больше не повторить того, что случилось. Я сама плачу, сквозь слезы рассказывая о страшном докторе, но папы оба меня успокаивают, говоря, что доктора уже наказали и в черную дыру сбросили, чтобы он больше никому не смог сделать плохо или больно.

Я верю им, но жмусь к мамам, будто разрываясь

между ними в этот момент, а вот Аленка вдруг как-то пробирается внутрь наших объятий и прикасается ко мне. От этого мне становится спокойнее. Просто очень спокойно, потому что я понимаю: братик, хоть и папа, тоже никуда не денется, а выбирать меня никто не заставляет. Значит, получается, все хорошо?

# Глава восемнадцатая

## Лесьяр

Когда на нас напали, мы были совсем маленькими. Всех детей заперли в каюте, чтобы не мешались, взрослых с нами не было. Все взрослые на бой пошли, чтобы атаку отразить. Только эта атака была или ненастоящей, или странной какой-то — враг не стал убивать всех. Вот когда зажглись синие, спокойные огни, мы уже готовились присоединиться к родным, ничего еще не зная.

В каюту входили взрослые, забирая других, а нас не трогали. Наших родных не было, только кто-то кинул порции хлеба в приоткрытую дверь, они на пол упали. И вот тогда я все понял. Оглядев каюту, заметил, что девочек младших семеро, а нас двое всего. Мальчиков, то есть. Позаботиться о них некому было, поэтому я растормошил Второго, чтобы накормить остальных и объяснить, в какой ситуации мы оказались.

Наша раса не приемлет чужих детей — то ли запах другой, то ли еще что-то, но мы теперь были обречены. И все это понимали, конечно, ведь не мы первые. Младшие сразу же расплакались, потому что умирать никто не хочет, тем более так. О нас некому позаботиться, значит, мы умрем от голода, потому что взрослые в лучшем случае равнодушны. В своем равнодушии они способны начать стимулировать всех, а младшие такого не выдержат просто. Я будто снова возвращаюсь в то время.

День сменяется ночью, нас выгоняют из каюты, при этом я стараюсь прикрыть младших, а ставшие страшными взрослые нас гонят, как животных, я только потом понимаю куда — к капсуле. При этом они смотрят точно не на нас... Мы, лишившиеся родителей, вдруг стали совсем никому не нужными. Это очень хорошо заметно. Затем мы со Вторым помогаем девочкам устроиться в спасателе, рассчитанном на одного взрослого.

Я слышу предостерегающий крик товарища и оборачиваюсь, чтобы увидеть, как взрослый заносит ногу, чтобы пнуть замешкавшуюся девочку. У нас нет уже ограничений, и волноваться не о чем, поэтому я кричу и бросаюсь на него, желая сбить с ног, что мне неожиданно удается, но затем я чувствую очень мощный стимулирующий разряд, и все гаснет.

Уже потом я узнаю, что Второй не дал меня располовинить люком, втянув внутрь. Нас явно сбрасывают вниз, на планету, ничуть не заботясь о том, выживем ли мы, поэтому при посадке мы все теряем сознание, а две малышки — навсегда. Так нас остается семеро. Единственное, что мы можем, это есть пищу из спасателя, но она рассчитана на одного взрослого в сутки, а не на семерых детей, поэтому я стараюсь отдать побольше девочкам. Ну и Второй тоже, потому что девочки важнее. Мы обнимаем их, гладим, рассказываем сказки о том, что однажды из далеких далей придут волшебники, они станут нам мамой и папой.

Младшие нам верят, я вижу это: они действительно верят, но однажды к нам приходят взрослые. Они грубо закидывают всех обратно в спасатель, заставляя его взлететь, и я понимаю — мы приговорены. Нас выкинули в Космос, чтобы не видеть, как мы умираем. От взлета плохо всем, поэтому я уплываю во тьму, успев только девочек пожалеть — они будут умирать от голода, но еще и от удушья, потому что спасатель имеет проблемы после всего.

И вот тут внезапно, как всплеск, как счастье невозможное, вдруг оказывается, что мы нужны. Я себе такого раньше и представить не мог, но у нас появляются мама и папа. Настоящие! Из сказок! Я на такое и надеяться не смел, а девочки... Они сразу принимают новых родителей. Я вижу это, потому что реакции характерные — это именно принятие. Такое у взрослых бывает, но теперь, если нас предадут, то малышки просто умрут, поэтому я... Я тоже даю шанс нашим взрослым, ведь если они играют, то лучше так умереть, это хотя бы быстро.

— Чужих детей не бывает, сынок, — говорит мне мама.

И я понимаю: для них это не просто слова, они действительно так думают, так чувствуют и так живут. И, увидев совсем еще малышек, я уже не удивляюсь. А имена... нам сразу, с ходу дают имена! И на одну букву, хотя у них это не принято, но мама и папа очень хотят, чтобы было комфортно именно нам. Даже в сказках такого, по-моему, не было. И, конечно же, я прошу папу...

— Можно вместо младших стимулировать меня? — я очень хочу защитить их от воспитания, ведь для младших стимуляция — всегда катастрофа.

— Нельзя, сына, — вздыхает папа, а у меня холодеют ноги от страха за младших. — Никого из вас нельзя стимулировать, принуждать и добиваться чего-то болью.

Я сначала даже не понимаю, что он сказал, пытаюсь объяснить, что девочкам это будет хуже катастрофы, но замираю, осознавая. Папа не хочет делать нам больно. И мама тоже, совсем не хотят! Этого, по-моему, даже в самых волшебных сказках наших не встречалось — родители не хотят делать больно. И тут я, конечно, им полностью доверяюсь. Я уже уверен: нас не предадут, не выбросят... У нас действительно есть мама и папа, которые навсегда.

А теперь вдруг выясняется, что у нас есть сестры — уже взрослые, дяди, у которых и свои дети есть, но... Никогда не видевшие нас ранее люди вдруг любят нас, и от этого хочется просто расплакаться. Они не пытаются обмануть, не притворяются, а просто раз — и любят всех нас. И малышек, и даже нас с Лучем тоже любят!

Это, наверное, непредставимо, но папа объясняет нам, а вокруг стоят сестры и только кивают. Они зовутся разумными, и у них важнее всего — именно дети. А мы не чужие, не посторонние, мы уже мамины и папины! Нас приняли, несмотря на то, что родили нас иные существа, и на то, что выглядим мы иначе.

Когда кажется, что сильнее удивить нас невозможно, внезапно оказывается, что сестра Маша —

она тетя нам, потому что папина сестра. Ее украли очень давно, и папа с мамой отправились в прошлое, чтобы спасти ее. Звучит как сказка, как нечто совершенно невозможное! При этом родители приняли ее желание зваться не сестрой, а дочкой. И даже ее собственная мама... Мне кажется, мы просто все умерли и оказались в сказке, но не в нашей, а в сказке богов, ведь лишь они могли обладать таким огромным сердцем, вмещающим всех.

Я никогда не забуду, какими могут быть взрослые нашего вида, и всю жизнь буду благодарен маме и папе за те их слова... «Человечество примет всех», — так сказал папа, мне об этом корабль рассказал. Вот тоже чудо чудесное: даже корабль, искусственный разум, но и для него дети превыше всего, а люди совсем не делают разницы между живыми и квазиживыми. Мы совершенно точно в сказке, и теперь надо быть только достойным ее.


## Сергей

Маша вспомнила. И маму с папой, и меня как брата, но при этом первичное запечатление никуда не делось, поэтому мы вчетвером ее обнимаем, убеждая малышку в том, что нет ничего страшного

Владарг Дельсат

в двух наборах родителей, хотя мама больше плачет, прижимая к себе обретенное дитя. Тут уже доченьки мои организуются, чтобы маму напоить успокоительным, ибо небезопасно для нее, не юная девушка все-таки.

Машенька и боится, и нет одновременно. Она вспомнила, но память свою пропускает сквозь фильтр прожитого, как когда-то Ксия делала то же самое. Непросто с ними было — и Лань, и Настя всё пропускали через фильтр лагеря, отчего поначалу не могли нормально воспринять реальность. Вот и наша малышка сейчас так же, хоть для нее прошло не так много времени — несколько месяцев, за которые ее успели сломать, почти уничтожив.

У нас трое малышек, которые просто развиваются, им нужны мама и папа постоянно. У нас семеро более старших детей с таким прошлым, которого не надо вообще никому. Им мы тоже нужны. И Машка, разрывающаяся между родителями и нами, несмотря на Аленкину помощь. При этом всё вокруг меняется настолько динамично, что дети просто не успевают привыкать. При таких условиях ни школа, ни детский сад правильными не будут. Что делать, спрашивается?

— Дедушка, — подходит к нам Аленка. — Вам надо побыть всем вместе в сказке.

— В какой сказке? — не понимаю я в первый момент, а любимая начинает улыбаться.

И тут до меня доходит. Это ее придумка — «сказочная изба» для вот таких детей... Травмированные, не могущие принять реальность или же просто не привыкшие к людям. С Настенькой очень помогла, помнится, эта сказка, да и с Аленкой, на самом деле. Так что малышка права, это будет очень хорошим и своевременным вариантом.

— Саша! — тронув сенсор коммуникатора, зову я сына. — А отнеси-ка ты нас на Кедрозор.

— Правильно, папа, — хмыкает он в ответ. — Другого варианта нет.

Он больше ничего не говорит, но тут дополнительных подтверждений не надо — все понятно и так: мы летим на Кедрозор, в заповедник. Малышки, кстати, потихоньку переходят на прикорм, хотя и любят еще, когда мама их кормит «грудью», поэтому автомат кормления надо будет с собой взять. И кровати расставить правильно, но при этом подумать, как сделать так, чтобы и Маше комфортно было.

Непростая получается ситуация — надо успокоить Машеньку, ведь на нас она запечатлелась, а к родителям просто льнет, поэтому нужно объяснить и убедить, что это не плохо, так бывает. Раньше или позже успокоится сестренка моя, ставшая доченькой, пойдет в школу, посмотрим, в какой класс... Надо будет Таню, ее школьную подругу, известить. Ее тогда пришлось долго лечить, ведь Маша на ее глазах...

А сейчас «Варяг» идет к заповеднику, где совсем недавно побывал, кстати. Надо нашим детям окунуться в сказку, чтобы поверить людям. Совсем недавно тут гостили и Аленка, и Лика, и ее котята, а теперь наша очередь пришла протестировать создание любимой моей. Пока летим, я готовлю массив информации для того, чтобы проинформировать разум «сказочной избушки» о том, с чем дело иметь придется, ибо не самая простая у нас ситуация. В основном из-за Маши — ей трудней всего. Сыновья, да и дочери уже поверили в то, что не предадут. Правда, готовы ли они принимать других людей, я не знаю, но, думаю, узнаем, а вот Маша...

Моей хорошей хочется повисеть на маме с папой, но при этом очень важно прикасаться к нам с Иришей, поэтому родители от нас далеко не отдаляются, а мы сейчас будем играть. Всей детской толпой играть будем, и младшие сестренки Аленки с нами, конечно. Они в манеже с нашими младшими побудут, и скучно не будет. Сейчас Аленка игру начнет, а потом кормление — и планета.

— Сын, ты старший, — негромко сообщает мне

папа, указывая на принципы субординации. Он флотский, ему нужно довольно четко это указывать.

— Договорились, — киваю я. — А кто у нас покажет дедушке с бабушкой, как правильно играть надо?

— Дедушке и бабушке? — удивляются дети.

Вот и пошло дело, снова, как много лет назад. Расслабляются младшие дети, увлеченные трехмерной игрой. Сашка выводы из прошлого сделал правильные, так что теперь на эвакуаторе есть все для детского комфорта. И это несмотря на то что в обычное время делать ему совершенно нечего. Нет уже несчастных случаев с кораблями, не пропадает никто, да и навигатор уговорить, как у нас с Ли в детстве получилось, уже не выйдет.

— Транспорт готов, — совершенно неожиданно звучит голос «Варяга».

— А кто в сказку хочет первым? — интересуюсь я.

— Не-е-е-е, мы в садик! — сразу же отказывается Аленка. — А вы погуляете в сказке и нам все расскажете!

— В сказку? — Машины глаза просто огромные, не знает она этого еще.

Ириша сказку намного позже Машиной... Машиного исчезновения придумала, поэтому сестренка и не знает, так что будет ей сюрприз огромный. Настоящая сказка отучит мою лапочку все воспринимать сквозь призму лагеря, как бы Отверженные его ни называли. Потому что сказка у нас там настоящая, с бабой Ягой, волшебными зверями и много еще чем сверх того.

И транспорт, выглядящий, как школьный отобус, уже готов нас всех нести в сказку, где мы начнем с вечера и ночи. Я помогаю любимой моей с младшими, те, кто постарше, движутся с нами, ну и родители, конечно же, тоже. Мама берет Машу на руки, и это правильно. Во-первых, в сказке повозка будет, если не сказочная, то точно древняя, а во-вторых, маме это очень приятно. Ну и папа тоже поносит нашу малышку, ведь он держался все это время. Показавший мне, каким должен быть папа, только чудом выдержал все испытания...

Увидев транспорт, Маша ожидаемо улыбается. Она помнит школьные отобусы, а вот для всех остальных это просто полупрозрачная труба, смотрящая прямо на планету. Кедрозор — очень красивая планета, на которой кроме заповедника и заводы есть, и школы, и много еще чего. Но красивая она, как и все планеты Человечества, ибо мы уже не те, что в древности, — с уважением к природе относимся, ну и она нам отвечает добром на добро.

Быстро рассадив замерших эльфят, глажу каждого и каждую, отчего они чуть расслабляются, а Машенька вообще будто не здесь находится. И вот, усевшись рядом с ними, я рассказываю детям сказку. Добрую, ласковую сказку, в которой нет места злу. Они слушают меня, хоть и удивленно, но очень внимательно, а отобус тем временем уже плывет к планете, на которой мы проведем столько времени, сколько будет нужно.

# Глава девятнадцатая

## Аленка

Что это со мной было, я уже и не знаю, а мамочка говорит, что это память просыпалась, но теперь обратно на место уснула, потому что я маленькая еще. Но теперь я знаю, почему Машу называла мамой тогда, очень давно. Теперь у меня своя мама есть, самая лучшая, самая любимая, как мне тогда и мечталось. Маша же с родителями и еще с сестренками и братиками отправились в сказку, а мы домой сейчас улетим. Дедушку с семьей будет тетя Маша ждать, потому что нам же в садик надо!

— Аленушка, пойдем поужинаем, — зовет меня мамочка, и я, конечно же, радостно спешу в столовую. Младшие котята тоже за мной бегут, потому что голода, конечно, больше нет, но...

Мы всегда все съедаем, и мамочка это знает, и папочка тоже, поэтому нам кладут ровно столько, чтобы мы наелись, но не переели, а то животик болеть будет. Интересно, что у нас сегодня на ужин? Я заглядываю в глаза маме, стараясь увидеть там ответ, но там только любовь и ласка.

— Ой, что это? — удивляется Иришка. Ее как маму зовут, и она очень этим фактом гордится.

— Это каша молочная, — ласково отвечает папа. — Котятам нравится молоко, вот вам и каша...

— Спасибо... — я сразу же кушать сажусь, потому что это чудо же — каша и много-много молока.

Кажется, мы уже привыкли, что нет голода, можно есть что угодно и сколько хочешь, а все равно иногда я просто замираю от этого чуда: каша, молоко, мясо... И мамочка иногда тоже, я сама видела! Вот поэтому мы садимся все вместе сейчас и молчим — рот занят, вкусно же!

Мне кажется, во мне что-то изменилось, но я не знаю что. Как-то незаметно пропал дяденька-Творец, и все сделали вид, что его тут и не было, но самое главное — Маша больше не боится. Она еще опасается, но не боится своих родителей, а это самое главное. Тети научат ее не бояться людей, потому что там были нелюди, а здесь все люди. Ну, мне так кажется.

— Спасибо огромное! — наевшись, я благодарю родителей за это чудо.

Я себя очень усталой чувствую, наверное, это из-за того, что мы сильно наволновались все вместе, и теперь я просто на ходу засыпаю. Папочка сразу это замечает. Он берет меня на руки и несет в кровать, чтобы я не упала. А мамочка улыбается и занимается младшими, но я уже почти ничего не понимаю, потому что очень спать хочется, просто сил нет описать как.

Кажется, я проваливаюсь в сон, едва оказываюсь в кровати, даже папину колыбельную уже не слышу, а просто словно выключаюсь. И вот в тот момент, когда сон полностью овладевает мной, я вдруг оказываюсь в знакомом классе. Я уже знаю, что эта комната классом называется, но я так давно тут не была...

— Краха, Краха! — увидев знакомую тетеньку, я подбегаю к ней. — Я соскучилась!

— Ты здесь, — улыбается она мне. — Значит, твой дар проснулся, это очень хорошо.

Миг — и я оказываюсь в ее щупальцах, даже и не думая ни о чем, но тут я слышу ойканье. Разворачиваюсь прямо в щупальцах и вдруг вижу Машу! Краха выпускает меня, а я подбегаю к стоящей... она тетя, получается? Маша стоит и озирается с удивлением, поэтому я ее обнимаю. И она меня сразу же обнимает. Мы застываем так, а потом уже и Краха подходит, чтобы нас обеих обнять.

— Вы обе творцы, — произносит она. — Но ничего не умеете и можете причинить себе вред.

— Значит, нас нужно научить! — улыбаюсь я, потому что это правильный ответ, я знаю.

— Вас нужно научить, дети, — доносится до меня голос Арха сбоку. — Присаживайтесь, — он появляется рядом, сразу же показав щупальцем на стол, который для нас предназначен, потому что на школьный похож.

— А почему мы вдвоем? — интересуюсь я у него.

— Потому что вы самые сильные из людей, — вздыхает он. Ну щупальцами такое показывает, как вздох. — И только вы смогли сюда пробиться, значит, готовы становиться творцами.

Я киваю, потому что учиться — это очень интересно. Арх же поднимает щупальца, и перед нами появляется вращающийся шар. Он серый, и на нем вообще ничего нет, просто шарик обыкновенный, но я же знаю учителя, он бы просто так шарик не показал.

— Так выглядят миры до прихода творца, — говорит Арх. — Не все, конечно, но созданные выглядят именно так.

— А затем приходит творец? — интересуется Маша.

— А затем приходит творец, — кивает ей учитель. — Но мы с вами сегодня поговорим о реальности, в которой вы живете.

— У меня до сих пор ничего непонятно, — вздыхаю я. — Потому что я, получается, исчезала... И действительно где-то жила...

— Все узнается в свое время, — гладит меня щупальцем Краха. — А пока слушайте.

Оказывается, наш дар не в том, чтобы творить, хотя творцы и уходят в какие-то «свои» миры, но мы должны научиться не пугаться, потому что от страха мы можем убежать туда, где страшно. Я не очень понимаю это объяснение, но Арх приводит пример со мной и мамой. Ведь мамина жизнь очень страшной была, а я вообще на грани смерти оказалась, но мне было достаточно того, что есть мама. А с Машей...

— Меня искали, когда узнали, что я жива, — вздыхает Маша. — А если бы не узнали?

— Так было, Маша, — улыбаюсь я ей. — Тогда одна хорошая девочка захотела все исправить.

— И исправила, — кивает Краха. — А одна хорошая девочка поняла, на кого охотились те, кого ваши люди зовут Врагом?

— На творцов? — удивленно спрашиваю я. — Но почему? Зачем?

— Они испугались, — объясняет мне Арх. — Очень испугались этого дара и решили уничтожить всех его носителей, считая, что и он тогда исчезнет.

Я понимаю, что это глупо очень. И Маша тоже это понимает, потому что дар же не от человека зависит, а от чего-то другого. Вот нас сейчас будут учить творцами быть. Интересно, а что мы еще умеем? Я задаю этот вопрос Арху, а он... Не отвечает. Учитель говорит, что мы узнаем в свое время и спешить не нужно. Я ему верю, ведь он лучше знает!

— Значит, днем мы будем обычными, а ночью вы нас будете учить не пугать мамочку и папочку, — понимаю, только затем объясняя Маше: — Если мы пропадем, то они же плакать будут и искать сильно-сильно, а зачем нужно, чтобы мамочка и папочка плакали?

И она соглашается, что да, совсем незачем. И Краха складывает щупальца в жесте согласия и поддержки — она нас так хвалит, отчего мне очень тепло на душе становится. Самое главное, конечно, то, что я снова ее видеть могу! У меня есть мамочка и папочка, но Краха очень умная и еще она все-все понимает. Вот просто совсем все, отчего мне тепло на душе становится, и уходит, просто пропадает

Владарг Дельсат

память обо всем нехорошем, что со мной случилось. Дяденька Творец забрал же только чужую память, а мою собственную оставил, и теперь она засыпает, потому что я маленькая еще, вот!

## Маша

Вечер мне почти не запомнился, только хлопок маминых ладошек, после которого началась сказка. Вот только я о ней ничего не знаю, но это папа понял, и рассказывал нам всем на ночь сказку, в которой все-все добрые и хорошие. Я слушаю эту сказку и засыпаю, чтобы во сне оказаться... Краха и Аленка, и еще дядя Арх, который учитель. Они мне рады, учат чему-то еще непонятному. Но сон проходит, я открываю глаза, впервые, наверное, понимая, что вокруг меня те, кто защитит.

— Проснулись, мои хорошие, — в комнату входят улыбающиеся мамы. — Ну-ка поднимаемся, умываемся... Или папа умоет?

Мне вдруг хочется как во сне — встать на ноги, хоть я и считаю еще их чудом. Но именно ножки хотят мне показать, что все плохое — это был просто сон — страшный, жуткий сон, который совершенно невозможен. И я сама спускаю ноги с кровати, правда, со страхом — ведь они могут меня не удержать.

С трудом поднимаюсь, понимая: ногам тяжело, даже очень, но зато они у меня есть... Я пытаюсь сделать шаг, но, кажется, падаю, моментально оказавшись в руках старшего папы. Как бы в них еще не запутаться... Но пока меня несут умывать, и потом за стол. На столе миски с чем-то белым стоят и ложки еще. Но я все равно жду младших, потому что нечестно же без них есть будет. А вдруг они подумают, что я у них утащила еду?

— Приятного аппетита, мои хорошие, — желает нам мама, которая старшая. Для меня она мама, а для других бабушка, поэтому получается сложно, но я пока не думаю, потому что так папы сказали.

Каша нежная такая, сладкая, давно забытая. Мы все вместе едим ее, а мама с папой, которые младшие, самых маленьких кормят и тоже, кажется, такой же кашей. Папа рассказывает, что у нас на сегодня прогулка запланирована, но мы пойдем не пешком, а на печке поедем. Это меня удивляет, конечно, сильно, но я решаю посмотреть на то что будет.

Еда просто очень вкусная, я стараюсь не торопиться, хотя все еще боюсь, что отнимут. И что ударят тоже, а сестренки и братики с острыми ушками, они каждый раз сжимаются чуть-чуть, когда их гладят, ну а потом тянутся, конечно, потому что гладят же. А я почему-то не боюсь, когда

Владарг Дельсат

ко мне рукой тянутся, но почему? Ведь меня тоже били и больно очень делали...

— А почему я не боюсь? — спрашиваю погладившего меня папу.

— Ты знаешь, чувствуешь, что все плохое закончилось, — объясняет он мне. — Ты вспомнила, что тебя любят, а они этого никогда, получается, не знали. Лесь, вас родные не гладили, что ли?

— Они воины были, — очень грустно произносит он. — А воинам не пристало прикасаться к младшему, кроме как для стимуляции.

— Ужас какой! — говорят мамы хором. — Так больше не будет! Никогда!

И младшие, все семеро, плачут. Они же, получается, только в папиных руках узнали, что они сокровище! Что нет ничего важнее их! Я-то вспомнила просто, а они... они... они... Я плачу вместе с ними, потому что так нельзя! Меня нелюди мучили, а их, получается, родные?

Мы сначала немножко плачем все, а потом мамочка говорит, что одеваться надо. Я сначала не понимаю, поэтому меня в комнату относят, показав на немного странную одежду, которой я не помню. Не знаю почему, но не помню. И тогда меня сначала всю раздевают, отчего становится страшно, хотя испугаться я не успеваю, потому что обратно одевают.

— Это купальник, доченька, — мягко объясняет та мама, которая постарше. — Ты захочешь в воде полежать, а голышом в воду нельзя. Во-первых, мало ли кто там водится, а во-вторых, тебе страшно будет.

— Спасибо, мамочка, — шепчу я ей в ответ.

Младших тоже переодевают. Мальчики сами все понимают, а девочкам мамы помогают. Я стараюсь не думать ни о чем, потому что взрослые сами все решат, ведь они лучше знают, как правильно. Вот поэтому я изо всех сил стараюсь не задумываться, чтобы не было грустно, потому что не хочу грустить.

— А теперь... — папа, который общий, улыбается, вынося меня на улицу.

За порогом дома только зеленая трава, солнышко светит и лес неподалеку стоит. Я с ним тихо здороваюсь, и мне кажется, он отвечает мне. Мамочка хлопает в ладоши и просит печку приехать. В тот же миг откуда-то доносится уханье, и прямо к дому подплывает буквально настоящая русская печь, как на картинке в книжке, на мгновение только всплывшей в памяти. Младшие немного пугаются, поэтому их все гладят, в самые младшие сидят в корзинке такой и никого совсем не боятся, потому что им там мягко и удобно.

Как-то очень быстро оказавшись наверху, я

Владарг Дельсат

смотрю вокруг, чувствуя радость. Здесь точно нет никаких нелюдей. И тех, кто меня убить хотел, тоже нет, поэтому мне очень спокойно. Папа мне рассказал, что я тогда в капсуле дернула рычаг экстренного старта, и она подумала, что нужно улетать. Но гравитатора там не было, поэтому я чуть кашицей не стала. Это все уже прошлое, о котором можно не думать.

Злого доктора выкинули в черную дыру, а всех нелюдей забросили куда-то в очень далекое прошлое, поэтому нужно просто выдохнуть, потому что мне больше никто не угрожает. Только папа попросил какого-то Адмирала слетать посмотреть, что с расой эльфят случилось. Наверное, просто интересно, смогли ли они выжить, но мне кажется, что нет. Потому что нельзя быть фауной, так папа говорит.

И вот печка едет не очень быстро по лесной тропинке. Она все едет и едет, а мне радостно очень отчего-то. Лес уже становится реже, значит, скоро и озеро будет. Ну папа же нам обещал озеро, значит, оно точно будет, как же иначе? И вот оно показывается — круглое и красивое. Печка останавливается... Ой, а что сейчас будет?

Я сразу же получаю ответ на этот вопрос — меня спускают с печки, уложив на травку, а от сарафана я избавляюсь сама. Младшие тоже раздеваются, потому что мы сейчас будем учиться плавать. Так родители говорят, все четверо. Они пытаются успеть за всеми, а я терпеливо лежу, когда вдруг слышу мурлыкательный такой голос.

— Кто это к нам пришел? Какие хорошие дети... — он совсем рядом, этот голос, поэтому я привстаю, оборачиваясь, а там — большая кошка, просто огромная!

Младшие пугаются сначала, но папа им говорит, что ничего опасного для них в сказке нет и быть не может, а потом здоровается с кошкой. Оказывается, ее зовут тетя Рысь и она хорошая, потому что сказочная. Младшие тянутся ее погладить, ну я тоже, поэтому тетя Рысь подходит поближе и ложится на лапы, чтобы нам удобнее было.

## Глава двадцатая

### Маша

Тётя Рысь ждёт, пока накупаются все, а я решаю немножко с ней полежать, потому что она мягкая и тёплая. Отчего-то мне хочется просто так лежать и ни о чём не думать, представляя, что «объект четырнадцать двадцать два», боль, голод и тот следовавший за мной ужас были просто страшным сном, а я теперь на каникулах. В школу пойду, буду на уроках сидеть... Таня, наверное, уже тётей стала, но найду я себе ещё подруг, правильно же?

— Трудно тебе, — замечает тётя Рысь. — А всё оттого, что ты сама себе проблему делаешь.

— Это как так? — удивляюсь я.

— Ты вспомнила маму и папу, но и брата у тебя

никто не отнимает, понимаешь? — спрашивает она меня, лизнув в нос, отчего мне щекотно и улыбательно.

— Он такой теплый... — объясняю я ей, обняв за шею. — Самый-самый... И еще я боюсь обидеть и не знаю, как правильно.

— Правильно — как хочешь ты, — спокойно говорит мне большая кошка. — Разве брат чем-то хуже папы? В названии ли дело? Это же всего лишь слово.

— Всего лишь слово... — повторяю я за ней. — Значит, я могу его звать папой... и братом тоже, да?

— У тебя без него обходиться не получится, как и у остальных детей, — объясняет она мне. — Люди называют это импринтингом, но для того, чтобы быть рядом, не обязательно называться дочкой.

И тут я задумываюсь. Тетя Рысь права ведь, мне будет не так думательно, если мама и папа станут, как раньше, родителями, а тот папа, который моложе, — братом. Его зовут Сережа, и ему, наверное, приятно будет, если я его по имени звать буду, как тогда, в моей памяти. Он меня очень любит, я вижу это, и за мной даже в прошлое рванул, спасая по дороге других детей. Но и мамочка с папочкой плакали внутри оттого что меня нет, плакали все эти годы, я же чувствую. Наверное, надо сделать так, чтобы стало по-прежнему...

Владарг Дельсат

— Мама! Мамочка! — зову я ту, что вечность назад дала мне жизнь.

— Да, маленькая, — сразу же подходит она ко мне. — Что случилось?

— А братик не обидится, если он, как в моем детстве, братиком будет? — негромко спрашиваю я мамочку.

— Братик не обидится, — вздыхает она, а потом гладит и начинает рассказывать.

Мама рассказывает мне... обо мне. О Сереже сначала, а потом и обо мне. Я хоть и помню все, о чем она говорит, но в эти мгновения мне кажется, что история оживает, становясь моей. Я будто вижу себя совсем маленькой и то, как Сережа носится со мной, чуть ли не пылинки сдувает, заставляя родителей улыбаться. Я ведь помнила его руки и голос даже в самое страшное время, когда забыла обо всем! И из маминого рассказа я понимаю: он был для меня всем даже тогда... наверное, таким и должен быть настоящий брат. Я смотрю на младших, вижу мальчиков и осознаю — да, именно таким.

Я назвала его папой, потому что именно в тот момент мне больше всего был нужен именно папа, и Сережа принял это. Принял, как принимал в детстве, как... Я многое понимаю из маминого рассказа, постепенно успокаиваясь где-то там,

внутри себя. Поэтому, не выдержав, поворачи-
ваюсь к нему.

— Бра-а-атик! — я зову его, совсем как в своем
воспоминании, и он моментально оказывается
совсем рядом.

— Что, Машенька? — брат оглядывает меня,
гладит, и я понимаю: тетя Рыся и мама правы.
«Брат» тоже очень хорошее слово. Не только мама
и папа, но и брат — это очень важное слово. —
Болит что-то? Грустно? Проголодалась?

— А ты не обидишься, если будешь не папой, а
братиком? — интересуюсь я у него.

— Нет, маленькая, — он садится рядом, гладя
меня по голове, отчего мне очень приятно. — Я тебя
все равно люблю и всегда буду, ведь ты моя
сестренка.

— Тогда... наверное, надо попробовать... — тихо
произношу я, пытаясь представить, что мама и папа
у меня одни, зато есть сестренка и братик — самый
лучший!

Но братик не позволяет мне много раздумывать,
он берет меня на руки и уносит купать в озере. Ну,
плавать, потому что я, кажется, умею... Поэтому
буду бултыхаться. Мгновенно и мама с папой рядом
оказываются, чтобы помочь со всеми нами. Я
бултыхаюсь в воде, но наблюдая за тем, как брат,
папа, мама, сестренка о нас заботятся, с нами

Владарг Дельсат

всеми играют, я понимаю: мы просто семья и мамочка права. Вовсе необязательно каждый раз задумываться, потому что все плохое закончилось.

Мама меня вынимает из воды, потом братик выгоняет младших, и мы садимся кружком, чтобы покушать всем вместе.

— Тетя Рыся, иди с нами есть! — зову я ее, и тетя Рыся не отказывается.

— Благодарствую, дети, — степенно отвечает она и идет к нам, усаживаясь рядом.

— А что ты любишь? — интересуюсь я у нее.

— Я все люблю, что с любовью сготовлено, — мурлыкая, произносит она, и я вижу: младшие улыбаются.

— Тетя Рыся — сказочная, даже очень, — объясняю я своим младшим, потому что я получаюсь самой старшей же. — Ой...

— Что, маленькая? — интересуется папа, потянувшись погладить.

— В школу надо будет, да? — мне почему-то немного страшно от этой мысли.

— Не спеши, — советует он мне, прижав к себе. — Школа от тебя не убежит, пока наслаждайся сказкой.

Я вздыхаю, потому что папа правильно говорит — я же спешу, получается, — и тянусь за пирожком. Угощаю и тетю Рысю, а потом мы вместе едим, и младшие тоже едят, улыбаются при этом, потому что все хорошо. Я понимаю: действительно же. Мы в сказке, вокруг мир волшебный, и мне надо только поверить... Я уже думаю, что верю — все закончилось, но только после обеда оказывается, что не очень. Папочка говорит, что надо после еды отдохнуть, и откуда-то палатку такую достает, от солнца. Я же послушная девочка и сразу стараюсь уснуть, только в класс к Арху не попадаю, а оказываюсь в страшной комнате. Ну в той, где девочку съели тогда... Только на этот раз едят меня. Страшные челюсти приближаются к моим ножкам и вот уже почти готовятся откусить, когда я кричу от ужаса и боли, кричу изо всех сил и просыпаюсь на руках брата.

— Тише, маленькая, тише, это сон, этого нет, — успокаивает он меня, а я дрожу все сильнее.

— Тише, доченька, — мама забирает меня у него, прижимая к себе, и вот теперь я потихоньку успокаиваюсь, только сказать она мне не разрешает. Мамочка качает меня на руках, пока я не перестаю дрожать. — Все прошло, этого больше нет, никогда не будет...

— Не самые простые кошмары у сестренки, — вздыхает братик, который очень мне важен. — Надо будет новых друзей спросить.

— Думаю, — это папа теперь говорит, — нам всем не понравится.

Мне кажется, родители даже чуть моложе стали с тех пор, как я появилась. Может ли такое быть?


## Аленка

Оказавшись снова в классе, оглядываюсь, но Машу не вижу. Краха подходит ко мне, чтобы погладить щупальцем, а я ее обнимаю. У меня уже есть мама и папа, но это же Краха! Она это понимает даже лучше меня, по-моему, поэтому подводит меня к шару. Сейчас буду учиться!

— А где Маша? — удивленно спрашиваю я.

— Твоей подруге, скорее всего, снятся кошмары, — мягко объясняет мне Краха. — Поэтому ей дают средство для сна, и она не может сюда прийти.

— Значит, буду учиться одна, — улыбаюсь я, заглядывая в шар.

Что такое «кошмары», я хорошо знаю, только они у меня днем, а ночью почему-то нет. Жалко Машеньку, но, наверное, для нее так лучше, потому что она в себе еще теряется. Она большая, но очень маленькая, вот и теряется, но дедушка точно знает, как правильно делать, и я почти не волнуюсь. Если Маше лучше поспать без уроков — пусть так, а я хочу узнать, что мы сегодня делать будем.

— Арх, — обращаюсь я к учителю, — а вот Творцы, они же такие же, как мы, а что они творят?

— Те, кого ты зовешь Творцами, дитя, — показывает щупальцами задумчивость Арх, — попали в свою же ловушку. Жалея обретающих разум, стали они присматривать за всеми, и потому нет у них времени больше творить.

— А как они узнают, за кем присмотр нужен? — удивляюсь я.

— Смотри, Аленушка, — изображает он щупальцами улыбку, указывая на шар, ставший черным. — Я покажу тебе, а затем ты попробуешь сама.

— Ура! — прыгаю я от радости, но беру себя в руки.

Он мне начинает показывать и рассказывать. Оказывается, можно почувствовать, когда кому-то плохо, но это умеют не только творцы, а вот творец может ощутить «неправильное» в своем понимании. Арх показывает мне, что такое неправильное в его понимании. В шаре появляется ребенок в каком-то темном помещении. Приглядевшись, я вижу, что это человеческая девочка, она очень маленькая, а еще страшно боится чего-то. Сидит в темноте и плачет.

— Видишь, ребенок потерялся, — показывает мне Арх. — Мы можем привлечь к ней внимание, но

Владарг Дельсат

для этого нужно знать, где она находится, а можем...

Он делает что-то щупальцами, отчего на шаре появляются непонятные знаки, а потом просто тыкает в один из них. В той комнате, где малышка сидит, вдруг светло становится, отчего ребенок сразу начинает улыбаться. Я уже хочу спросить, но Краха останавливает меня.

— Человеческое дитя пребывает в созданном мире, — объясняет она. — Поэтому мы можем на него только немного воздействовать, например, так.

— И дяденьки Творцы тоже? — удивленно спрашиваю я.

— И они тоже, — сложив щупальца в знаке... ну который, как улыбка. — Только они помогают в основном, в этом мире, полностью осознавая опасность. Ну как, хочешь попробовать?

— Да-а-а-а! — прыгаю я от радости, а потом уже хочу сделать жалобную мосю, но Арх просто показывает мне на шар.

Я задумываюсь. Что было бы очень неправильно для меня? Не могу сказать, к тому же я маленькая еще, хотя во сне будто становлюсь старше, по-моему. Вот что для меня совсем неправильно? В этот самый миг мне вспоминается Татьяна Николаевна. Я не помнила ее уже, но вот сейчас я вдруг вспоминаю ее холодность, жестокость, злые слова. Зачем ей было нужно, чтобы я съела ту кашу? От этого что, чья-то жизнь зависит? Вот так размышляя, я приближаюсь к шару, но все не могу решить, что для меня неправильно. Впрочем, кажется, моего решения не требуется...

— Что это? — удивляюсь я.

— Сейчас узнаем... — задумчиво говорит мне Краха, пытаясь что-то сделать с шаром, но не выходит.

— Это наш мир, ученица, — негромко произносит Арх. — Не созданный, не альтернативный и не параллельный, хотя разница и невелика. Малышка, пожелай приблизить то, что ты видишь.

— Да, учитель, — киваю я, делая, как он сказал. И в тот же миг из шара звучит голос.

— Так жаль, что я самая последняя в мире и никого больше не осталось, — громко говорит какая-та девочка. В шаре заметна круглая каюта, в ней даже есть окно, оно «иллюминатор» зовется, я знаю! — На таких, как я, теперь можно только смотреть, потому что все умерли.

Я опять делаю поближе, как Арх показывает, и рассматриваю девочку. Она совсем неодетая, поэтому мне хорошо видна ее похожесть с нами. А раз она так сильно похожа, то, наверное, и воздух ей подходит. И тут я понимаю — у нее четыре руки и

Владарг Дельсат

совсем нет ног, но при этом она как-то двигается... Вот девочка взлетает и куда-то летит. Это меня удивляет очень сильно, да так, что я не знаю, какой вопрос задать первым.

— Мы ее понимаем, потому что это сон? — спрашиваю я Краху.

— Ее понимаешь ты, — отвечает она мне, — поэтому понимаем и мы, значит, говорит она на знакомом тебе языке.

— А как она двигается? Она летать умеет? — продолжаю я со своими вопросами.

— Возможно, на ее корабле нет гравитационных приборов... — задумчиво говорит Арх. — Интересно, где она?

Мне тоже очень интересно, потому что плохо же, когда совсем одна. А судя по тому, что она говорит, эта незнакомая девочка очень давно совсем-совсем без никого. Значит, ее нужно спасти, чтобы были мама и папа, а то нечестно будет! Но чтобы ее спасти, нужно найти, где она.

— Сделаем так... — задумчиво произносит Арх. Ну он говорит, а щупальцами жест глубокой задумчивости делает. — Ты сейчас постараешься рассмотреть ее корабль и окрестные звезды, а когда проснешься, попросишь родителей показать их в мнемографе.

— Я очень постараюсь! — обещаю ему.

Мне вспоминаются папины слова о том, что такое для нас, людей, разум. Вот у меня в шаре ребенок, которому плохо, а это неправильно. Потому что дети важнее всех. Значит, нужно найти эту девочку и постараться дать ей людей, чтобы она могла учиться и радоваться. Ведь ей совсем плохо без мамы и папы, без подруг, даже без одежды... ну раз она неодета, значит, нет никакой одежды?

Поэтому я делаю все, как Арх говорит: отодвигаю картинку, рассматривая звездолет. Он совсем маленький, даже непонятно почему, ведь, выходит, у девочки одна комната, и все, больше ничего нет. А еще мне надо звезды вокруг рассмотреть, потому что звезды — это очень важно, так учитель сказал, они помогут мамочке и папочке найти этот странный маленький звездолетик. И тогда у незнакомой девочки появятся родители, ведь чужих детей не бывает. Так папа говорит, а он точно знает, как правильно. Значит, мне надо очень-очень постараться.

И я стараюсь изо всех сил до того самого мгновения, когда пора просыпаться.

Владарг Дельсат

# Глава двадцать первая

## Аленка

ЕДВА ПРОСНУВШИСЬ, Я СРАЗУ ЖЕ ВСКАКИВАЮ, ЗАМЕТИВ только, что младшие еще спят. Мне нужно очень быстро рассказать о девочке старшим, чтобы они ее спасли поскорее! Я натягиваю на себя платье и выбегаю из спальни, сразу же наткнувшись на папу.

— Папа! Папа! — кричу я. — Там ребенок! Ей плохо!

— Стоп, — останавливает меня он. — Успокаиваемся и спокойно рассказываем, где ребенок и кому плохо.

Папа берет меня на руки, унося в сторону столовой, по-моему. А я начинаю рассказывать обо всем, что во сне увидела. Начав с того, что Маши сегодня не было, рассказываю о возможности неправильное во сне увидеть. Ну и потом о том, что видела: о девочке, которая совсем одна и летает по маленькому кораблю. Папа сразу же становится очень серьезным. Он усаживает меня за стол, поставив завтрак прямо передо мной, — это оладушки, очень вкусные, и даже варенье мое любимое.

— Варяг! — громко произносит папочка. — Курс на госпиталь Флота, экстренный вызов.

— Диспетчер флота, — отвечает ему совсем не голос разума нашего корабля, а кто-то другой.

— Возможная опасность для жизни ребенка, сообщите Щиту, — произносит папа, наверное, думая, как объяснить. — Информация от наших новых друзей, нужен мнемограф.

— Вас понял, — говорит тот же незнакомый дяденька. — Ждем!

— Час в пути, — предупреждает «Варяг», а папа гладит меня по голове, прямо промеж ушек.

— Пойду сестренок твоих подниму, — негромко произносит он. — Сегодня вы без детсада тогда, переживете?

— Они поймут, — я уверена в этом, потому что там же девочке плохо.

Папа уходит, я принимаюсь есть, вскоре приходит мамочка и усаживается прямо напротив

Владарг Дельсат

меня. Я ей рассказываю о том, что во сне было, и она опять почему-то удивляется. Потом папа младших приводит и их тоже кормить начинает. Вот он рассказывает маме, что сейчас будет и куда мы летим.

— Идем к госпиталю Флота, — объясняет он. — Там есть мнемограф, получше, чем у нас. Аленку внимательно посмотрят, и большие дяди с тетями будут решать.

— Дети превыше всего, — шепчет мамочка.

— Да, любимая, — кивает папа, погладив младших и меня. — Но не стоит забывать и об инструкциях. Поэтому Аленку посмотрят врачи, ее память проверят они же, и тогда специалисты скажут свое слово.

С этим планом мамочка согласна. Я тоже, потому что папа лучше знает, как правильно. Поэтому я спокойно, никуда не торопясь, завтра-каю. Мы скоро прилетим в госпиталь, там я немножко еще посплю. Я помню, у меня уже смот-рели память, я тогда просто поспала, и все. Вот и сейчас я просто посплю. Ничего плохого со мной точно случиться не может.

— Стыковка с госпиталем завершена, — сооб-щает нам разум корабля. Это значит, что нам пора идти уже.

— Любимая, мы с Аленкой пропадем на часок, — говорит папа маме.

Она кивает и лижет меня промеж ушек, а потом еще младшие хотят пообниматься, поэтому уже я их лижу, потому что им так нравится. Затем папа берет меня за руку и ведет наружу. Для того, чтобы в госпиталь попасть, надо пройти по коридору — он зелененький, красивый, по-моему, потом повернуть, вот тут уже и подъемник — наверх едет, а следом и шлюз.

От шлюза труба такая начинается, она тоже зеленая, но окошек в ней нет, поэтому я не вижу, как мы по Космосу идем, а только знаю об этом. Мы с папой шагаем рядом, но не разговариваем, потому что надо поскорее прийти. И вот мы доходим до конца, а там уже дяди и тети толпятся. Папа берет меня на руки, чтобы я не потерялась, хоть это и невозможно, и быстро несет, о чем-то разговаривая с этими дяденьками и тетеньками.

— Папа! — я вспоминаю, о чем учитель говорил. — То, что я видела, это знания девочки, кораблик ее может быть другим.

— А может и не быть, — замечает кто-то, и ему кивают.

Меня доносят до медотсека и прямо в платье кладут в капсулу, что удивительно. Хотя у Крахи в гостях меня тоже не раздевали, поэтому, наверное, и так правильно. Папа же лучше знает! Все вокруг серьезные, напряженные, но мне улыбаются, поэтому я не волнуюсь, ведь он рядом. И вот закрывается крышка...

Я, конечно же, сразу засыпаю, стараясь вспомнить, как выглядела девочка и ее кораблик, а еще звездочки вокруг. И вот тут я вижу, что девочка на самом деле без ножек — их просто нет, хотя снизу что-то растет, как корешки у дерева. А руки тогда, получается, как веточки? Но деревья не умеют летать и не шевелятся почти, поэтому очень странно все выглядит, просто непонятно, и все.

Я знаю, что папа и те незнакомые дяди разберутся, поэтому просто разглядываю то, что из памяти выходит. Арх еще на первых уроках говорил, что мы не в пространство смотрим, а внутрь разумного, ну и видим все то, что у него внутри. Поэтому странно, что маленькая девочка хорошо знает свой кораблик снаружи. Может быть, она вокруг него летала? Интересно как?

Просыпаюсь я неожиданно, сразу же оказавшись в папиных руках. Он меня гладит и хвалит. А я прислушиваюсь к тому, что незнакомые дяди говорят. Их оказывается меньше, чем до засыпания моего, а еще некоторые из них совсем не волнуются, только папе говорят, что я молодец. А мне приятно, когда хвалят, особенно папа.

— Сейчас мы вернемся обратно на «Варяг», — объясняет мне папа. — А оттуда уже и домой, хорошо?

— А можно спросить? — прошу я разрешения, чем, кажется, всех удивляю. — Что сейчас будет с девочкой?

— Ты все хорошо рассмотрела, — говорит мне стоящий рядом с папой дядя. — Поэтому теперь взрослые на боевом корабле сами посмотрят и всех спасут.

— Ура! — радуюсь я, уже совсем успокоившись, потому что теперь взрослые волнуются, а мне не надо. Мне в детский сад надо!

— Вот и умница, — гладит меня папа, а потом прощается со всеми, и я тоже прощаюсь.

Мы возвращаемся на «Варяг». Папа тихо рассказывает мне о том, что увиденное мною на ловушку похоже, потому что незнакомой девочке неоткуда знать Всеобщий язык, а еще — так, как я видела, руки у нее расти не могут, потому что они на косточках растут, а у девочки из моей памяти косточки сунуть некуда. Значит, или она себя неправильно воспринимает, или так хотят поймать кого-то, например творца. А это очень плохо, потому что самые сильные творцы у Человечества — дети. Это мы с Машкой! Вот поэтому и нельзя нас ловить.

Владарг Дельсат

Это такое чудо, просто не рассказать, какое — ощущать себя самой-пресамой главной. Очень важной не только для мамы и папы, но для всех людей. Сначала я часто плакала из-за этого, потому что плаксой была, а теперь уже нет, папа говорит — я привыкла. Наверное, он прав, ведь папа ошибаться просто не умеет.

## Кавторанг Винокуров

Вызов звучит внезапно, разрывая скучную серость дежурства. Настенька моя со мной служит, ибо неразделимые мы, а дежурства у нас, конечно же, скучны, ибо боевой корабль такого класса, как у меня, по нынешним временам безработный. Куда нужно, летает «Марс», а наш «Сириус» больше разведчик, хоть и очень мощный, но... Воевать не с кем, а пускать куда попало меня не хотят.

— Тащ капитан второго ранга, — обращается ко мне вахтенный. — Вызов штаба, прибыть срочно.

— Ну прекрасно, — отвечаю я, не расцепляя объятий, ибо в свободное время имею право. — Давай подтверждение и двигай туда. Чего случилось-то?

— Да непонятно, командир, — вместо офицера произносит голос разума корабля. — Никакого повода не заметно.

— Ладно, на месте узнаем, — вздыхаю я, погладив любимую.

На Главную Базу нам пылить сравнительно недолго, при этом, конечно, интересно, что именно произошло. По идее, папа может знать, но он сейчас занят с нашими младшими сестрами и братьями. В сказке с ними сидит, поэтому посещения пока запрещены, а потом мы, конечно, всей толпой знакомиться придем, как без этого-то... Да, но что все-таки случилось?

— «Юпитер» тоже дернули, — замечает офицер связи, внимательно слушающий переговоры. — Не-по-ня-тно.

«Юпитер» — десантный корабль для работы в основном в Пространстве. То есть у нас есть вызов десантуры и многопрофильного разведывательного крейсера, отличающегося незаметностью. Очень любопытно, просто очень, потому что такого не бывает, если только не случилось чего-то совсем выходящего за рамки.

Спустя час мы с Настей уже в рубке. Она у меня оператор защитных систем, ну и часть орудий в ее ведении, поэтому пока заняться ей нечем, я же рассматриваю столпотворение кораблей у Главной Базы, к которой зачем-то причалил еще и госпитальный «Панакея». Сдается мне, у нас небольшая заварушка намечается. Настю бы на Поверхность отправить, да невозможно это. Дочки как-то научились жить без мамы и папы, а мы друг без друга просто не умеем — импринтинг. Поэтому рисковать надо осторожно.

— Винокурова за мной, Степа, ты тоже, — стоит только галерее пристыковаться, командую я корабельному щитоносцу, их в древности седой контрразведчиками называли. — Остальные на месте.

— Понял, — кивает вахтенный, усаживаясь в кресло.

Мы же довольно быстро движемся в сторону штаба. Просто так целую кучу кораблей не дернут, потому любопытно — дальше некуда. Прямо от входа нас без слов направляют в сторону зала совещаний, что логично. Если такую толпу собрали, то, скорее всего, всех в одно место и загонят. Что же, сейчас узнаем, из-за чего у нас общий и такой странный сбор приключился.

— Товарищи офицеры! — подается команда, едва только мы входим.

Ого, кто пожаловал! Сам легендарный Сталеваров! Он был наставником-куратором папы, а теперь «Щитом» руководит. Но раз он здесь, то у нас «опасность для Человечества» или что-то подобное, потому как других причин я придумать не могу — фантазии не хватает. А от флота кто? Ага, вижу, созвездие адмиральских шевронов. Тоже интересно, но вполне логично.

— Для начала посмотрите запись мнемографирования ребенка-творца, — начинает свою речь Александр Саввич. — Необходимо учесть, что это не виденное своими глазами, а восприятие реципиента. Прошу!

Включается запись, а я пытаюсь понять, что мне такое только что сказали. По сути, ребенок-творец, которых у Человечества всего двое — остальные взрослые — увидела нечто глазами другого ребенка? Или это восприятие? Вдвойне интересно, что в результате получилось. Существование таких возможностей нам не доводили. Значит, не надо было пока, а вот сейчас вдруг резко стало надо.

Глядя на занимающий всю стену панорамный экран, я все больше понимаю, что это, как дед говорит, «туфта», то есть рассчитанное вовсе не на офицеров флота зрелище, а на людей либо штатских, либо вообще на детей. И вот тут я понимаю, с чего такой сбор, — это опасность для детей, причем, судя по всему, для совершенно определенных детей, что мне в высшей степени не нравится. Да и как может понравиться покушение на семью?

— Ваши выводы? — спокойно интересуется

Владарг Дельсат

генерал Сталеваров. — Винокуровы молчат, я все вижу.

Конечно, он видит, он нас всех все долгие годы наблюдал. Но мои коллеги, в общем, и так понимают, что показанное нам — ловушка. Только они не могут понять, на кого, и тогда в разговор вступает кто-то из адмиралов. Он внимательно смотрит на каждого из нас и тяжело вздыхает.

— Как нам удалось установить, — устало произносит незнакомый мне командир, — корабли Врага занимались уничтожением не разумных, а лишь носящих искру дара Творца. Мы предполагаем возможную ловушку такого типа, учитывая, что Отверженные вступили с ними в сговор.

Опаньки... Тогда объясняется, почему Отверженные так на нас взъелись — им ненависть «чужаки», получается, привили? Тогда понятно, в чем дело: нас пошлют разыскивать ребенка с учетом того, что встретиться могут или недобитые Отверженные, или недобитый же Враг... Или «и». Понятно, зачем нужен я. Во-первых, боевой опыт, во-вторых, разведчик... И десантники нужны — на абордаж брать.

— Я вижу, Винокуров понял, — кивает мне товарищ Сталеваров. — В таком случае здесь остаются только те, кого я назову, остальные будут ждать в готовности прийти на помощь.

— И такое бывает, — вздыхает кто-то. Я приглядываюсь и вижу Ли, мы с ним как-то... В общем, было времечко.

В зале остаются трое командиров звездолетов, ну и сопровождающие их лица. Мы составим первую волну — будем искать, а как найдем, так медленно, осторожненько ребенка и выдернем. Такого ребенка, как в мнемограмме, существовать в природе не может, а это, в свою очередь, означает, что дитя в симуляции, что ей хорошо совсем не делает. Вот Насте легче — у нее концепция «наших», готовых отправиться для спасения куда угодно, с годами не изменилась совершенно. Так что «наши» готовятся прийти, и больше объяснений никаких не требуется — этого достаточно.

Надо с дочками связаться, предупредить о том, что мы с мамой исчезнем на некоторое время, чтобы не плакали и не паниковали. Что-что, а запаниковать мои доченьки могут очень даже легко, а им это нельзя, особенно Лань сейчас нельзя — она на последнем месяце, поэтому нужно с ней очень мягко поговорить. Думаю, проблем не возникнет.

Ну, хоть не так скучно будет...

# Глава двадцать вторая

## Маша

Из-за того, что у меня сны очень страшные, мне дают лекарство и я в класс не попадаю, но папочка говорит, что я еще успею, а брат — он просто гладит, и я успокаиваюсь. Почему-то оказалось очень просто его звать просто Сережей, хотя и папой я его иногда зову, когда само получается, но мамочка говорит, что не надо об этом думать, потому что все хорошо. А раз она считает, что все хорошо, значит, так и есть.

Мне кажется, я становлюсь младше, но не беспокоюсь из-за этого. Я теперь самая старшая считаюсь, поэтому с «эльфятами» играю и все им рассказываю. О волшебстве, сказках, о том, что больше никто и никогда плохо не сделает. И они мне верят, хотя быть тетей Машей мне не нравится.

— Папа, а можно я для младших тоже сестренкой буду? — спрашиваю я, когда меня опять тетей называют.

— Можно, маленькая, — гладит меня по голове папочка. — Тебе все можно, только не пропадай больше.

— Я больше не пропаду! — обещаю я, держась за его руку.

Я до паники боюсь, что меня украдут опять, да и потеряться тоже. Мне очень страшно отходить далеко от взрослых, что лучше всех видит братик. Мамочка очень боится меня потерять, и папа тоже, но они держат себя в руках, только Сережа постоянно контролирует, отчего мне намного спокойней на душе становится. С одной стороны, непривычно немного называть его просто Сережей, а с другой, очень-очень тепло на душе от этого. Ну еще я боюсь оставаться без взрослых — начинается паника.

— А как все-таки будет со школой? — интересуюсь я, именно потому что боюсь.

— Виртуальная будет, — вздыхает папа, еще раз меня погладив. — Ты будешь дома держаться за мамину руку, а сама поучишься в симуляции. И совсем это не страшно. У младших та же ситуация, им подсознательно боязно.

— Значит, ничего страшного? — понимаю я.

А папа начинает объяснять мне, что мы разумные, поэтому нужды ребенка очень важны для всего Человечества. И хотя я это все знаю, но почему-то удивляюсь. Сережа говорит, что думать о том не надо, поэтому я не очень быстро выхожу из избы, чтобы на бревнышке посидеть. Я уже хожу! Не очень бойко, но хожу, хоть и трудно это иногда. Вот выхожу я на улицу... Младшие с мамой играют, а братик пытается за всеми присмотреть. Ну у него опыт большой, потому что он учитель. Хочется хихикнуть от этой мысли, но я вышла не для хихиканья, мне подумать нужно.

Я знаю, что ничего плохого случиться уже не может. И, что меня защищают, знаю, но иногда страх выплывает сам собой, а еще сны не дают покоя, поэтому меня надо бы в госпиталь, но... Я боюсь врачей. Очень сильно боюсь, просто паника появляется, когда ко мне приближается врач. Странно, на звездолете же этого не было... Не понимаю я себя совершенно.

— А кто тут у нас сидит да думу думает? — слышу я скрипучий голос откуда-то сбоку.

Повернувшись, вижу старушку в платье красивом и платке. Она меня с доброй улыбкой разглядывает. Она почему-то совсем не страшная, поэтому я ее не пугаюсь, хотя нахожу глазами брата, отвернувшись на минуту. Он кивает мне с доброй улыбкой, и я успокаиваюсь. Сережа здесь, он меня в обиду точно не даст.

— Здравствуйте, — здороваюсь я, догадываясь, что это местная Баба Яга, получается. — Меня Маша зовут.

— Здравствуй, Маша, — кивает эта старушка. — Вижу, грусть одолевает тебя. Расскажи бабушке, что тревожит отроковицу.

Ее речь не очень понятна, но я... Она понятна и непонятна одновременно, это меня не беспокоит. На мгновение задумываюсь и начинаю рассказывать Бабе Яге то, о чем только что думала. Она присаживается рядом со мной на бревно, а затем просто по голове гладит. Это неожиданно, но я не пугаюсь ее жеста, что тоже задуматься заставляет. Странно на самом деле — она же посторонняя, но, может быть, все дело в том, что мы в сказке?

— Ведомо мне, живет в тебе страх, — кивает мне старушка. — Он в теле твоем живет, а не в разуме, но в голове другой страх есть, угадаешь, какой где?

— Я боли боюсь и свыклась с нею, — неожиданно даже для себя самой отвечаю я Бабе Яге. — А в голове — повторения.

— Память твою полечим отваром, — произносит она. — И не будет тебе страшно от лекарей, ибо весь твой страх я забираю себе. А что касается повторения...

Она хлопает в ладоши, и сверху в тот же миг почти пикирует птица, мне незнакомая — у нее клюв крючком, да и сама она крупная довольно. Сбросив что-то в ладони Яге, неведомая птица улетает, а старушка хмыкает, по-моему, одобрительно. Она протягивает мне фигурку такой же птицы, вкладывая в руки, но я не понимаю, зачем мне игрушка.

— Это страж твой, — объясняет мне она. — Пока все хорошо, он спокоен, но стоит только опасности появиться... Ну-ка, о лекарях подумай! — приказывает мне Яга.

Я думаю о докторах, точнее только об одном, мне вмиг становится страшно, а птица сразу же крылья раскрывает и шипит очень грозно. Я и не знала, что птицы шипеть умеют. Буквально в тот же миг рядом брат оказывается. Он вглядывается в мои глаза, потом вздыхает и гладит меня по голове.

— Не надо бояться, — говорит мне Сережа. — Я всегда рядом.

И я понимаю: птица эта странная на помощь позвала. Я, выходит, защищена, потому что у меня волшебная птица есть. Осознав это, ощущаю, что мне уже не страшно о врачах думать, потому что я уверилась в том, что защитят. И Сережа же мгновенно отреагировал! Значит... ой.

— А вне сказки он тоже будет? — негромко спрашиваю я, поглаживая фигурку своего защитника.

— Сказка везде, где есть ты, — улыбается мне Яга. Пожалуй, это тоже ответ, и мне он нравится.

— Я буду стараться не пугаться, ведь у меня защитник сказочный, — киваю я, гладя его пальцем. Он как настоящий, даже перья можно почувствовать! — Спасибо, бабушка!

— Вот и ладно, — улыбается она мне. — А отвар я тебе погодя все же дам, чтобы не тревожили сны злые. Ведь в них тебя грызут?

— Едят... — тихо признаюсь я, понимая, что Яга все знает. Это меня окончательно в ее сказочности убеждает. — Как...

— Не надо, не вспоминай, — гладит меня старушка. — Отвар дам, и будет все ладно.

Наверное, у нее получится, ведь мы же в сказке, а это значит, что от отвара Яги я просто успокоюсь. Хотя то, что со мной было, забыла бы с удовольствием. Интересно, а люди могут сделать так, чтобы я забыла? Надо маму и папу спросить, потому что, если такое возможно, то я очень-очень этого хочу. Просто слов нет, чтобы рассказать как!

## Кавторанг Винокуров

Очертив круг на звездной карте, я отмечаю тот факт, что район нами совершенно неизученный, кроме автоматического картографа там никого и не было. Значит, изучение стоит в планах. Наши друзья, что интересно, тоже там не были еще, согласно ответу на наш запрос. Несмотря на то, что район находится не так далеко от Гармонии; там просто ничего почти нет — пара звездных систем, и все.

— Очень нас активно заманивают именно в эту туманность, — замечает Виталий, навигатор корабля. — Посмотри, если взять звездную картину из мнемограммы, то получается движение по краю туманности, а там...

— А там можно флот спрятать, — киваю я, потому что туманность сама по себе довольно странная — правильной формы, чего обычно не встречается. — И опять Млечный Путь... И слепое пятно неподалеку, кстати.

— Тогда предлагаю выйти вот так... — световой луч показывает систему, из которой очень неплохо просматривается необходимый нам сектор. — И тогда мы сможем автоматикой посмотреть, что там такое.

— Да, чистой воды ловушка, — вздыхаю я, еще раз просмотрев карту. — Двинули.

— Сириус — Юпитеру, — вызываю я десантников. — Делай, как я.

Древняя, как космофлот, команда означает, что «Юпитер» будет двигаться за нами, повторяя все эволюции «Сириуса». Мы же пойдем осторожно, стараясь не рисковать зря, потому как смысла в риске нет совершенно. Гиперскольжением пойдем, так быстрее, во-первых, и безопаснее, во-вторых. Субпространство — штука сложная, и перехват там теоретически возможен, а на практике мы проверять не будем.

— Курс задан, скольжение, — спокойно информирует меня Виталий.

Несмотря на то, что на Флоте принято обращение по имени-отчеству, мы на «Сириусе» больше по именам. Ну а в боевой обстановке... Лучше о бое не думать, хотя короткое имя есть у каждого, учли мы опыт десанта. Кстати, на «Юпитере» есть и группа, с папой полетавшая, у них тоже, можно сказать, боевой опыт, так что я не единственный в своем роде.

Главный экран расцветает завораживающими картинами плазменного колодца, но наша автоматика в таком уже ориентируется, так что корабль ведет корабельный разум и нам думать о чем-либо

Владарг Дельсат

не надо. Настенька моя сидит задумавшись, я же просто отдыхаю. Работа у нас начнется часа через два, дар мой молчит, и можно не нервничать. Офицеры звездолета о сути моего дара осведомлены, потому тоже спокойны.

Давным-давно, кажется, именно папа стал первым пилотом, испытавшим на себе этот вариант прыжка сквозь пространство. Он тогда шел на ручном управлении — просто немыслимо. На эвакуаторе, неповоротливом, как нехорошее слово, без помощи корабельного мозга... Эвакуатор — это шар. Защищать судно подобной формы проще, но при навигации гиперскольжением он из-за формы отвечает медленней, поэтому папа, конечно, пилот высокого класса, не поспоришь. Ну на то он и папа — образец для нас всех.

— Внимание, выход, — информирует меня навигатор. Совсем незаметно полтора часа прошло.

— Щиты на максимум, — командую я в соответствии с инструкцией. — Маскировку в адаптивный режим.

Адаптивный режим означает, что на одну сторону корабля проецируется картина с другой стороны, при этом звездолет становится для внешнего наблюдателя невидимкой — прозрачным, так сказать. Это все предусмотрено инструкциями, а они кровью писаны. Я вот героем считаюсь вовсе не потому, что инструкции соблюдал, — там, где я побывал, никаких инструкций не было.

«Сириус» оказывается в обычном Пространстве, споро уходя в сторону, чтобы дать дорогу «Юпитеру», а я сканирую систему. Разум корабля это тоже делает, о чем говорит коротко взревевшая сирена — в звездной системе неожиданно много кораблей знакомой формы.

— Боевая тревога, — спокойно командую я. — Готовность открытия огня.

— Боевые посты готовы, — реагирует вахтенный начальник. — Производится накачка главного калибра, мобометы готовы.

— Ожидайте команду, — завершаю я короткий обмен мнениями, а сам продолжаю сканирование.

Черные корабли стоят ровным строем, но мне нужен материнский — если его уничтожить, остальные небоеспособны, по идее, будут. Но стоят, будто что-то ожидая, и это мне не нравится. Может быть, сборочная линия, как у папы было? Непохоже, на самом деле.

— Обнаружена планета, — сообщает мне «Сириус». — Закрыта полями неизвестного назначения.

То есть имеем планету под маскировкой. Неужели хозяева роя нарисовались? Тогда ситуация может быть не очень хорошей, ибо банальная логика подсказывает планету уничтожить, но мы на поводу у логики не пойдем. Есть у меня ощущение, что нам тут ничего не угрожает, что странно, учитывая наличие «тарелок» Врага. Что им в нас не нравится, я уже знаю — папа передал информацию, но для меня это не меняет ничего.

— Отстрелить буй в сторону планеты, приготовиться к трансляции, — командую я.

— Выполняю, — реагирует разум звездолета.

Вот сейчас и узнаем, ибо в данном случае, как мне кажется, стоит попробовать установить связь. Ну а когда они ожидаемо ответят огнем, тогда и руки у меня будут развязаны. Только мнится мне, в этот раз все пойдет по другому сценарию. Это дар мне мой подсказывает, от ошибки оберегая. Что ж, попробуем договориться, вдруг получится?

— Включить с буя сигналы приветствия и дружелюбия по протоколу Первой Встречи, — продолжаю я отдавать приказания.

Первая Встреча чуть трагедией не закончилась, но, на наше счастье, что командир «Кузнецова», что Первые Друзья имели мозг и были разумными. Именно этот факт тогда от конфликта нас всех и уберег. Теперь же я вижу корабли врага и борюсь с желанием убить всех. Но малые корабли необитаемы, автоматы это, а матку я пока не вижу. Нужно ее отыскать, чтобы уничтожить первой, а потом будем разбираться с остальными.

— Принимаю модулированный сигнал, — сообщает мне «Сириус». — Производится расшифровка.

И снова, как много лет назад, мы ждем, что нам расскажет решивший все-таки поговорить «чужой». Буй они не уничтожили, так что шансы договориться есть. Сейчас бы группу Контакта, но там сестренка, а я за нее беспокоюсь. Так что пока сами, а потом посмотрим, как будет. Может, и повоюем, хотя... Не верится мне в это.

— Включаю, — сообщает мне разум корабля, и вслед за этим на главном экране появляется изображение.

Двое небольших существ более всего напоминают детей. Жесты у них вполне человеческие, хотя поди знай, так ли это. Но вот сейчас эти двое на экране изо всех сил демонстрируют желание избежать наказания. У девочек моих поначалу этот жест был рефлекторным почти, насилу избавились. Но дети?

# Глава двадцать третья

## Кавторанг Винокуров

Существа необязательно дети, важно это помнить. Кроме того, увиденный нами жест тоже не факт, что означает именно то, что мы подразумеваем, поэтому общаться будем через буй — его в крайнем случае не жалко. По той же причине я "сорок два" на базу не передаю, ибо мало ли что видят наши глаза.

— Спасите... — очень жалобно произносит существо, которое находится слева.

— Вэйгу, — трогаю я сенсор, — твое мнение о строении тех, кого мы видим на экране.

— Командир, интонации вполне человеческие, — замечает Виталий. — Странно, откуда бы?

Он прав: даже наши друзья поначалу говорят без эмоциональной окраски, а тут у двоих существ, вызывающих ассоциацию с детьми, несмотря на шесть конечностей и необычное строение головы, вполне человеческие интонации. Вдобавок строение тела, места прикрепления конечностей — это мне что-то напоминает. Очень сильно напоминает, но вот что именно, я просто не помню.

— Мы идем на помощь, — отвечаю я неизвестному. — Сообщите, какая помощь нужна?

— А вы Творцы? — звучит поражающий наивностью вопрос.

Будь это дети, кстати, вопрос выглядел бы вполне логичным и уверил пришедших именно в детскости. То есть, выходит, еще одна ловушка... Любопытно, девочка-то хоть существует? Я думаю над ответом — можно ответить утвердительно, хоть мне это и не нравится, можно сказать правду. У обоих вариантов есть плюсы и минусы, поэтому надо хорошо подумать.

— Командир, — оживает разум медицинского отсека, — внешнее строение собеседников невозможно для такого типа живых существ.

— Благодарю, Вэйгу, — киваю я, пытаясь все-таки вспомнить. — «Сириус», посмотри по древним базам, на кого они похожи? Никак вспомнить не могу!

— То есть все равно ловушка, — вздыхает Настенька, почти поверившая нехорошим существам.

— Нет, мы не Творцы, — сообщаю я ждущим ответа и не проявляющим никакого нетерпения собеседникам. — Мы, пожалуй, наоборот.

В этот самый момент изображение пропадает. Впереди я вижу вспыхнувшую искру, что мне говорит уже обо всем.

— Буй уничтожен, — констатирует разум корабля, подтверждая мои мысли. — Регистрирую сигнал бедствия.

— С планеты? — интересуюсь я.

— С планеты, — отвечает «Сириус». — Сигнал бедствия характерен для Отверженных, Человечеством не используется со времен Третьей эпохи.

Вот тут все становится понятно: просто очередная ловушка. Ребенок — это приманка, а жалобные моськи на планете — пожалуй, сама ловушка. При этом разум корабля демонстрирует мне существ, в точности похожих на то, что мы видели, что заставляет меня улыбаться. Это очень древний мультфильм, чудом добравшийся до нас из Темных Веков. Таким образом противостоит нам чуждый разум, набравший информации, скорее всего, от Отверженных. Варианта мне видится два.

— «Юпитер» на связь, — прошу я офицера

связи, ибо сейчас нам стоит решать очень важный вопрос, а тут посоветоваться лишним не будет.

— «Юпитер» на связи, — слышу в ответ. — Передаю блок протокола.

Это правильное решение. Сейчас десантный корабль получит всю ту же информацию, что имеем и мы, после чего будет о чем говорить. Выбор у нас небольшой — или десантная операция, или уничтожение планеты. Вопрос еще в том, что указанный в Аленкином сне район находится в полусфере черных кораблей, но вот самого корабля там точно нет. Ни того, который демонстрируется в мнемограмме, ни любого другого. Вопрос в том, стоит ли овчинка выделки, как в древности говорили. И вот этот вопрос мы будем сейчас прояснять.

— Что скажешь, Вить? — спрашивает командир десантной группы, удивляя меня.

Мне почему-то казалось, что командует кто-то другой, но так даже лучше. Мы с Василием давно друг друга знаем, а у него и боевой опыт уже благодаря папе есть, поэтому за инструкции десантник не цепляется и думать умеет. Тем более что сейчас инструкции недействительны в большинстве своем, ибо ловушка с применением сигнала бедствия... В общем, мы друг друга точно поймем.

— Буй они уничтожили, — объясняю я. — То есть

Владарг Дельсат

там явно Враг, но это не значит, что ребенка нет. Вариант у нас — или ликвидация планеты, или...

— Подожди минут десять, — просит он меня, а я пока иду погладить Настеньку.

Она к чему-то прислушивается, как будто беспокоит ее что-то. Дар у нее слабый, но подобный мне, кроме того, любимая не всегда может интерпретировать свои ощущения. А вот в связке с эмпатом и интуитом вполне получится.

— Вась! — зову я десантника. — Интуита с эмпатом одолжи ненадолго!

Он просто кивает, потому что отлично меня понимает. О Настином даре чувствовать на грани сознания знает, по-моему, весь Флот. Я же задумываюсь о другом — ребенка увидела Аленка. Она не просто творец, она многое пережила, потому кажется мне, что ребенок существует, только ищем мы не там. Вот только где искать эту девочку, мне непонятно. К тому же существует вероятность того, что ребенок в симуляции находится, а потому дает восприятие просто свое, но это вовсе не обязательно реальность.

С самой Аленкой очень непросто — она видела часть чужой памяти, но, как выяснилось, это не было памятью тети Маши. Кто-то другой спроецировал видения на Аленку, тем сложнее разделить то, что случилось с ней, и то, что не случалось. Если бы не Творцы, мы не смогли бы правильно интерпретировать. Но сейчас рядом с ней и мудрые учителя, и родители, и мы, так что все в порядке с котенком будет. А вот и интуит с девочкой-эмпатом.

— Вить, — снова оживает связь, — мы решили: надо на месте посмотреть.

— Понял тебя, — киваю я, начиная командовать. — Готовность перехода на орбиту планеты. Атака по точкам противокосмической обороны.

— Вас понял, — отвечает мне разум корабля.

Начинается довольно обычная работа именно боевого корабля. Хотя как раз привычной она не является, но все это мы на бесчисленных тренировках не раз отрабатывали, и все работают так, будто мы каждый день в бой ходим, что и хорошо, на самом деле. «Сириус» медленно набегает на планету, «Юпитер» готовится к десантированию, мы бьем с орбиты по местам, похожим на пушки, планета молчит — ну, кроме сигнала. Это как раз и показывает: сигнал автоматический. Но все же где ребенок?

Девочка должна быть обязательно, вот только сможем ли мы ее обнаружить?

## Любава

Все прошлое — до гибели родителей — мне кажется небывалым, а вот потом, внезапно обнаружив, что мы совсем никому не нужны, я, конечно, плакала. Если бы не Второй и Четвертый, мы бы все наверняка погибли. Тот факт, что нас выкинули, никого не тронул, мы знали, что так будет. Но вот произошедшее затем поставило нас в тупик.

Совсем непохожие на нас люди моментально приняли нас всех родными. Сразу же дав имена, они всё нам доказали, особенно мне, — тогда я еще боялась боли, и сейчас боюсь, хоть и не верю в нее. Заботливые, внимательные мама и папа совсем другие. Они не стремятся вбить послушание, не очерчивают круг правил и не ругают. Совсем ни за что не ругают!

Мы, оказывается, очень многого просто не знали, не умели, не видели. Сейчас это осознавать легко, а в первые дни я много плакала. А наша мамочка будто чувствует, когда я или Лада, например, заплакать хотим. Чувствует и... берет на руки, давая прикоснуться к ней, прижаться, просто спрятаться. Новые родители нам разрешают быть маленькими. Вот сейчас у нас отдых после обеда; сестренки спят, братики просто лежат, у меня зато есть время просто вспомнить первые дни.

Несмотря на то что мы сразу принимаем этих людей, страх все равно остается. И еще сестренка Маша. Она среди родных, близких людей, при этом само понятие «люди» ее пугает. Я наблюдаю за тем, как обходятся с ней, сравниваю с нами и не вижу разницы. И мама, и папа одинаково обращаются и с Ладой, и с Лесем, и со мной, и с Машей... Младшие котята понятно, они маленькие очень, поэтому им больше нужно мамы и папы, но вот то, как с нами, — это удивляет.

И вот мне снится страшный сон. В этом сне меня сначала сильно стимулируют, а потом ведут по гулким коридорам корабля, чтобы выбросить в космос. Меня приходится тащить, потому что я реву, цепляясь за все вокруг. Я так не хочу умирать, что кричу изо всех сил, но все тщетно, как мне кажется. Уже медленно открывается дверь шлюза, и в этот момент ее закрывает собой папа. Я открываю глаза, еще даже не поняв, что это сон был, а он держит меня на руках, уговаривая не плакать.

— Это сон, всего лишь сон, — мягко говорит папочка, затем принявшись меня переодевать.

Когда он снимает с меня шорты, я понимаю: сейчас будет стимуляция, поэтому сжимаюсь изо всех сил, но папа быстро одевает меня и опять на руках качает, да еще и песенку напевает, от которой я засыпаю. И больше совсем ничего не снится, поэтому утро спокойно наступает. Но я же помню, что случилось ночью, поэтому сначала жду стимуляцию, которой все нет, — хотя я же знаю, что она случится, потому что так всегда было. Я все жду, потом устаю и иду к маме, а она... Она меня не понимает!

— Давай разберемся, — говорит мамочка, беря на руки, отчего мне становится совсем спокойно на душе. — Что ты такого страшного сделала для того, чтобы тебя наказывать?

— Ну я замочилась же... — почти шепотом отвечаю ей, потому что страшно очень.

— У тебя это случилось от страха, понимаешь? — спрашивает она меня. — Лучше расскажи мне, что приснилось. Если так хочешь, пусть это будет твоим «наказанием».

Я просто не понимаю, как рассказ может быть наказанием, но это же мама и она лучше знает, как правильно, поэтому я рассказываю. Что сначала настимулировали, чтобы, наверное, не сопротивлялась, а потом поволокли выкидывать, но я все равно сопротивлялась. Мама спрашивает, почему меня могли выкинуть, за что?

— Ну мы без родителей же, — объясняю я. — Значит, не можем вырасти полноценными членами общества, поэтому лучше сразу выкинуть, чтобы не тратить ресурсы.

— Варварство какое, — негромко мама говорит и гладит меня по голове. — Это сон, и такого совершенно точно не может быть. И больно тоже больше никогда не будет.

Вот этот первый случай меня учит тому, что родители у нас особенные. Затем нечто подобное происходит с другими сестрами, а Луч... Вот у него очень страшно, потому что он чуть не умер же. Но плохое закончилось, доказав всем нам — прошлого больше не будет. Совсем не будет, отчего мне сейчас тепло и спокойно уже.

Следующим шагом становится сказка. И тут вдруг оказывается, что мы даже не представляем себе, что такое настоящая сказка. Пронизанная добротой и той же лаской, что несут наши родители, сказка становится настоящим открытием. Добрая говорящая печь... Я даже представить такого себе не могла! Или разумные звери, птицы... А Баба Яга! Она умеет творить настоящее волшебство, ведь Маша успокаивается, только поговорив с нею!

Меня тянет к деревьям. Я очень люблю их обнимать, будто сливаясь со стволом, и это избавляет меня от грусти и всяких мыслей. За неделю всего мы теряем свой страх, а затем проходит еще время

Владарг Дельсат

и... Загадочно улыбающийся папа рассказывает о том, что мы летим домой. У нас есть дом, и он ждет нас!

— А что с нами будет дома? — спрашиваю я его.

— Дома, Любавушка, — очень ласково отвечает мне папочка, — у вас будут комнаты свои, много друзей и детский сад. Ваши братья тоже годик походят с вами, а потом и в школу пойдут.

— В школу? — удивляюсь я, на что он улыбается, говоря, что когда в корабле будем, поставит фильм для нас. И я ему, конечно же, верю.

С каждым днем мне кажется, что я становлюсь все младше и младше, как будто та любовь, что окружает нас, делает меня такой. Мамочка на это говорит, что не надо задумываться, потому что я ребенок и впереди у меня целая жизнь. А мне сложно, ведь у людей можно заниматься чем угодно. Захочешь — станешь учителем, как папа, или врачом, или... Вот представить это: как я захочу, так и будет, мне очень сложно, потому что все детство нас учили, что заниматься можно только тем, что в семье принято.

Значит... Значит, у нас семья впервые появилась только здесь. А еще... Еще есть такое понятие «день рождения». То есть день, когда я на свет появилась. Оказывается, это важно, потому что рождение меня, Луча, Леся, Лады, Ланы, Люды и маленькой еще Любочки — и в самом деле огромный праздник. И для родителей, и для нас, и для всех окружающих. Могла ли я подумать раньше, что подобное возможно? Могла ли представить?

Новых знаний оказывается очень много, но папочка и мамочка уговаривают нас не пугаться и не спешить, потому что нас всему научат, а за незнание никого не наказывают. Папа говорит, что нас будут учить, а не пугать, и я пытаюсь представить эту полную волшебства школу.

Даже если мы умерли и попали в Лес Счастья, куда все после смерти попадают, я ни о чем не жалею. Я действительно счастлива, как и мои братья с сестричками.

# Глава двадцать четвертая

## Кавторанг Винокуров

ДЕСАНТНЫЕ ГРУППЫ ПРОДВИГАЮТСЯ БЫСТРО, НЕ встречая сопротивления. Интуит, я вижу, в некотором недоумении, а вот эмпат просто плачет. Значит, скорее всего, встретим нечто, что нам совсем не понравится. Ничего пока сделать мы не можем, поэтому я ставлю задачи разуму корабля, пытаясь понять, правильно ли мы определили звездную картину. Отвлекшись от того, что знаю, беру кусок звездного неба и переформулирую задачу.

— Сириус, укажи все возможные координаты, в которых картина звездного неба будет соответствовать образцу, — прошу я его и по наитию добавляю: — Совпадение не менее ноль восемь.

— Задачу принял, — отвечает мне «Сириус».

Он задумывается, перебирая известные ему картины, ну и симулируя оные там, где мы еще не были. Разум у нас мощный, поэтому посчитать он может любую точку наблюдаемого пространства, ибо кажется мне, что ребенка здесь нет. Вот где неизвестная девочка — это очень сложная задача, решать которую нужно немедленно. Малышка совсем одна неизвестно где.

— Десант — Сириусу, — Василий выходит на связь.

— Слушаю тебя, Вася, — по привычке отвечаю я.

— Обнаружен один живой в состоянии глубокого сна, отправлен к вам, — сообщает он мне. — Судя по всему, здесь находилась их материнская планета.

После этого сообщения Василий отключается, а я пытаюсь уложить в голове то, что он мне сказал. Первые Друзья говорили о том, что материнская планета Врага была уничтожена. Возможно, эти данные неверны, а которые верны, мы узнаем вскорости. Необходимо все-таки дождаться Васю и ту информацию, что он принесет, да и узнать, кого он на планете нашел.

— Странное ощущение, — вздыхает Настенька.

— Может ли так быть, что девочка не одна? — спрашивает она.

— Может, — киваю я, потому что мы это уже проходили. — Или сестры, или альтернативные реальности, или еще что-то в таком духе. Наши друзья рассказывали...

— Установлено восемнадцать регионов совпадения с образцом, — сообщает мне «Сириус», и тут я понимаю: надо запрашивать Базу, потому что мотив выбора именно этого региона из восемнадцати возможных мне неясен.

— Связь с Главной Базой, — командую я. — Текущий протокол и выводы «Сириуса» передать, ожидать ответа.

Как будто получив какой-то сигнал, связанный с моим решением, все черные корабли вокруг начинают бледнеть, исчезая. Я, конечно, сдержаться не могу, громко и с выражением характеризуя ситуацию. Планета под нами едва заметно меняется, и вторит мне голос Васи из канала связи. Значит, у него тоже изменения есть. Я командую десанту покинуть планету, на что он согласием отвечает, сообщив, что прибудет на «Сириус».

— Ничего не понимаю, — озадаченно заявляет разум нашего корабля, проявляя вполне человеческие эмоции, что для квазиразумного этого типа вполне нормально. — Все объекты исчезли, звездная картина изменилась.

А вот это уже сигнал, и сигнал серьезный — если изменилась картина Пространства, то в симуляции, получается, находились мы. Проверить это, впрочем, довольно просто, достаточно опросить «Сириус» об обнаруженном на планете, но начинаю я, впрочем, с другого.

— «Сириус», — спокойно произношу я, выговорившись. — Количество навигационных буев на борту, количество людей в медотсеке.

— Буи — полная обойма, — отвечает мне разум корабля, и я слышу удивление в его голосе. — Медотсек пуст.

— Все ясно, — вздыхаю я, потому что действительно все ясно. — Повторить расчет точек совпадения, принять десантный катер на борт.

— Выполняю, — отвечает мне «Сириус».

Ситуация нестандартна, но и на этот счет существует инструкция, спасибо папе. Именно он отсимулировал даже невероятные ситуации, очень сильно разнообразив учебную программу. Мы находились в симуляции. Это могло бы быть петлей времени, если бы Вася тоже обнаружился на корабле, но так как он на планете, то стопроцентная симуляция у нас. Значит, некто, обладающий огромной мощью или просто неведомыми

Владарг Дельсат

нам знаниями, хотел, чтобы мы оказались здесь, да еще и работали по-боевому. А зачем?

Мысль у меня только одна, и мне эта мысль нравится не слишком. Все-таки подобные симуляции... Впрочем, у папы случилось нечто подобное, поэтому, возможно, ситуация совпадает? Наивно было бы думать об этом, честно говоря. Будто в ответ на мои мысли Настя встает со своего места, подходит поближе и вдруг обнимает меня. Обстановка у нас еще рабочая, и обычно она себе подобного не позволяет. Могли полезть старые страхи или еще что-нибудь, поэтому я ничего не говорю, а только поднимаюсь на ноги, вглядываясь в лицо любимой.

— Принимаю модулированную передачу, — звучит голос «Сириуса». — Источник — искомый район.

— Я чувствую, мы должны помочь! — шепотом произносит Настенька, на что я киваю.

— Там кто-то есть, — понимаю я. А еще осознаю, что раз ни офицеры, ни разум корабля этого «кого-то» не обнаружили, то таких возможностей у нас нет.

— Включаю расшифрованную передачу, получаю запрос двустороннего контакта, — предупреждает меня разум нашего звездолета. Ну вот оно и пришло — повторение пройденного.

— Вы нестрашные, я не буду вас бояться, — в тишине рубки слышится детский голос. — А что вы тут делаете?

— Мы ищем ребенка, — отвечаю я ей, тронув разрешительный сенсор. — Она совсем одна на корабле, и ей плохо.

— Она от вас убежала? — продолжает задавать вопросы ребенок.

— Нет, что ты, — улыбаюсь я. — Малышку увидела во сне моя племянница. Она нам рассказала, что девочке очень плохо. Ты ее случайно не видела?

— Ты пошел искать девочку, только потому что тебе сказала... другая девочка? — удивленно спрашивает пока не представившаяся собеседница, которая может быть и не девочкой и вообще кем угодно. На мой вопрос она не отвечает.

— Конечно, — уверенно киваю я. — Нет ничего важнее детей.

— А если бы я потерялась? — продолжает интересоваться пытливый разум.

— Мы бы искали твоих близких, — для меня это совершенно естественные вещи, поэтому я объясняю, предугадывая следующий вопрос: — А не нашли бы, стала бы ты моей доченькой.

— Но я же чужая совсем... — ее выдает речь. Или она читает наши мысли, или это не ребенок.

— Чужих детей не бывает, ребенок, — улыбаюсь я экрану, вспоминая моих девочек. — Просто не может ребенок быть чужим.

— Тогда... — неизвестная задумывается. Ну, мне так кажется, что задумывается, но, судя по продолжению, это не совсем так.

— Мы благодарим разумного за разговор с птенцом нашего гнезда, — вот теперь слышится совсем другой голос, значит, пошла информация по делу. — Вы достойны песни.

— Сириус, — командую я, вздыхая. — Связь с Главной Базой. Сорок два.

Сейчас сюда Машка сорвется, ибо хоть и встретились мы с неведомыми будущими друзьями, но своей задачи не выполнили. Проверили нас дважды или даже трижды, что сказкам соответствует, причем вещами, страшными конкретно нам, а это значит — или у них есть опыт общения с людьми, или сказка окажется сложнее.


## Аленка

Изо сна в сон девочка меняется, я очень хорошо вижу это. У нее руки перемещаются по телу, а еще ножки иногда появляются и исчезают сразу. Я не очень понимаю, почему она так выглядит, но поначалу опасаюсь спрашивать. А ну как испугается?

Поэтому я Краху расспрашиваю, показывая разные картины, и вот тогда она становится очень серьезной. Она рассматривает девочку, слушает мои объяснения, а затем задумывается.

— Возможно, ты видишь ее сон, — объясняет мне Краха. — Тогда многое объясняется, но это значит...

— У нее способности творца? — интересуюсь я, уже зная, что по снам только творцы умеют ходить.

— Очень возможно, — складывает она щупальца в жесте согласия. — Или же вы близки по каким-то параметрам.

— Надо с ней поговорить... — решаю я и сразу же, настроившись на изображение, как Арх показывал, радостно улыбаюсь: — Привет, меня Аленка зовут, а тебя как?

— Привет... — очень удивляется девочка и прищуривается, как будто что-то пытается разглядеть. — Я Катя, а ты кто?

— Я человек, — продолжаю улыбаться я, но она кривится и сразу отворачивается.

— Не ври! — выкрикивает Катя. — Людей не существует, это сказки! Я одна осталась... А они... Их нет!

Краха кладет мне щупальце на плечо, поддерживая, а я рассказываю жадно слушающей меня Кате о Человечестве. И показываю еще картины из моей памяти, стараясь, чтобы не пролезло то, что было, пока я папу не встретила. Она мне и верит и не верит одновременно, а я начинаю ее расспрашивать — ну почему она думает, что людей нет? Это же очень интересно!

— Меня хотели ути... — она запинается, стараясь вспомнить трудное для нее слово, но потом вздыхает и начинает рассказывать.

Ей было два года, когда Катю хотели выкинуть, потому что у нее нет ног. Это мне не очень понятно, а объясняет она путано, хотя сейчас, по-моему, старше меня выглядит. Такое ощущение, что ноги у нее есть, но их почему-то нет. Это совсем непонятно, впрочем, я не расспрашиваю об этом, потому что слов Кате не хватает, отчего она плакать начинает.

— А сколько тебе сейчас лет? — интересуюсь я у нее.

— Кажется, десять, — не очень уверенно отвечает она, и Краха тут же поднимает щупальца в жесте отчаяния.

— Ты... восемь лет одна? — мне даже страшно такое представить, но она кивает, а потом мотает головой.

— У меня робот есть, — объясняет свой жест Катя. — Он вся моя семья.

— Квазиживой? — уточняю я.

— Не знаю, что это такое, — разводит она руками, просто в стороны их поднимает. — Обычный железный робот.

Тут, видимо, приходит ей время просыпаться, потому что контакт разрывается, а я удивленно смотрю на Краху. Получается, восемь лет эта девочка, Катя, была совсем одна. Ее корабль летит куда-то, но мы можем увидеть только то, что она себе представляет, что видит, что знает, но не более того. Как там на самом деле, никто не может сказать, поэтому флот, получается, не там ищет? Или правильно ищет, а надо только внимательнее быть?

— Надо более подробно расспросить, — произносит обнаружившийся позади меня Арх. — Если дитя творец, то ее можно будет привести сюда.

— То-о-очно... — тяну я, но тут приходит время просыпаться и мне, да так быстро, что я едва успеваю попрощаться.

Открыв глаза, сразу же занимаюсь младшими, начиная вылизывать их сонные лица, отчего они хихикают, потому что это очень приятно. Тут и мамочка входит в спальню, я слышу ее. Она некоторое время стоит неподвижно, наверное, просто смотрит и улыбается, ведь это же мама, а потом уже начинает заниматься всеми нами.

— Аленушка, — обращается она ко мне, — ты помнишь, что сегодня выходной?

— Не-а! — совершенно искренне отвечаю я ей, а потом взвизгиваю от радости.

Выходной — это значит, что мы полетим на природу. Папа будет делать шашлык очень-очень вкусный, как только папа и умеет, а мама просто с нами посидит. А еще там озеро есть, потому что мы в сказку летим сегодня. Я Машу увижу, ее братьев и сестер еще... Здорово же! Получается, надо быстро подниматься, потому как времени у нас не вагон. Так папа говорит, хотя я помню эту поговорку и сама.

— Собираемся, да? — я задаю вопрос, хотя и сама все уже знаю. — Ой, надо рассказать...

— Что рассказать, доченька? — сразу же реагирует папа.

И я начинаю рассказ про то, что увидела во сне. О том, какая Катя, что она восемь лет в компании только железного робота, и все, и то, что мы увидели — это не обязательно так, об этом мне Краха сказала. Папа становится серьезным, сразу же вызывая кого-то через коммуникатор. У нас у всех такие есть, только детские, потому что так принято. Поэтому я точно не потеряюсь, а если мне станет грустно или плохо, то на помощь придет папа или мама. Ну если грустно до слез, потому что не бывает же, чтобы ребенок просто так плакал. Мне сердечко починили после всего, даже новое вырастили, но папочка все равно беспокоится, потому что он же папа.

— Спасибо, доченька, — говорит он мне, закончив разговор. — А теперь быстро завтракать!

Ой, и верно, завтрак-то уже ждет! Папа при этом рассказывает маме, что все виденное мной учтут те, кому положено, а мама кивает, улыбаясь. Мы завтракаем, я младшим немного помогаю, потому что им это нравится, когда мамочка вдруг меняется в лице.

— Папа! Папочка! — восклицаю я. — Мамочке плохо!

— Мамочке не плохо, — отвечает мне папа. — Мамочка у нас рожать сейчас начнет. Поэтому быстро собираемся и летим.

Я уже думаю — нас дома оставят, но это оказывается не так. Папочка быстро помогает маме, держащейся за живот, а я собираю младших, потому что он так сказал. Мы сейчас все вместе полетим в госпиталь, и мы с мамой, чтобы не боялись. В госпитале наши тети, и они за нами присмотрят, пока мама рожает, а оставлять нас дома нечестно — мы же плакать будем. Ну вот так папа говорит, а я чувствую себя очень счастливой. Потому что быть важной мне очень нужно.

Спустя полчаса, наверное, наш электролет почти падает на причальную площадку госпиталя Флота, и я вижу, что нас встречают. Мамочку укладывают на носилки летающие, папа с ней, потому что иначе она не согласна, а мы поспешаем за ними. И тут нас ловит тетя Ира, она доктор по детям. Она нас берет за руки и отводит в комнату игровую, сразу же принявшись успокаивать, потому что младшие готовы расплакаться, и я тоже.

— Нужно немного подождать, — объясняет нам тетя Ира. — Вашей маме помогут родить, а вы пойдете смотреть на маленького котенка. Сестричка у вас готова родиться, вы рады?

— Очень! — честно отвечаю я и как-то понемногу перестаю бояться за маму.

Проходит час, и нас зовут знакомиться с маленькой сестренкой. Нам еще когда сказали, что сестренка родится, а не братик, тогда еще доктор сказал, что братик почему-то получиться не смог, но они эту проблему исправят потом. А почему это проблема, я не знаю. Но это же неважно?

# Глава двадцать пятая

## Сергей

Школа у Маши только виртуальная, иначе никак. Без родителей или меня остаться не может — пугается так, что сердцу нехорошо становится, поэтому пока так. «Дети превыше всего» это не просто принцип, это основа нашей цивилизации, поэтому никто мучить сестренку не будет. Психологи потерпели поражение, поэтому будем пробовать так. Раньше или позже сможет переносить разлуку, а если нет — то наши друзья помогут. При этом Машка потеряет часть себя, но станет обычным таким карапузом лет трех от роду. Это если она не сможет обходиться без нас и это ее тревожить будет, ибо без ее согласия не произойдет ничего.

Из сказки мы вернулись домой. И если для сестренки всё здесь знакомо, то младшим, конечно, пришлось поначалу сложно. Спать они отдельно друг от друга не соглашаются, но у каждого и каждой своя комната, разумеется, есть. Малыши развиваются нормально, радуя нас, всё, можно сказать, хорошо. «Эльфята» к детскому саду без страха относятся, тем более там Аленка, которая для них авторитет ого-го какой, так что сейчас мои хорошие играют и учатся в детском саду, а я разбираюсь с потоком корреспонденции да с новостями.

А новостей у нас немало. Флот, да и друзья наши ищут иголку в стоге сена, то есть ребенка в Галактике. Известно, что судно у нее небольшое, на борту есть допотопный робот — и все. У Кати нет никого и ничего, а до встречи во снах с Аленкой она вообще считала, что людей не существует. Теперь девочку десяти лет от роду, проведшую почти всю жизнь в одиночестве, ищут изо всех сил.

Витя, сынок, летал как раз по этому поводу, но вместо ребенка нашел новых друзей. Цивилизация двоякодышащих открыла нам глаза на сущность Врага. Чужаки были созданы именно этой цивилизацией много лет назад, созданы как помощники в освоении планет, но, можно сказать, сломались, потому в первую очередь попытались уничтожить создателей, что им не удалось. И растянулась их

Владарг Дельсат

война на много-много лет. При этом наши новые друзья разумны, соответствуя Критериям Разумности населяющих Галактику рас.

Так что у нас новые друзья, а ребенок как в воду канул. Вот только кажется мне, что в поиске и Винокуровы отметятся в обычной своей манере. На приключения больше всего везет почему-то нам. Как отмечены мы... У тех же Пивоваровых приключений почти что и нет, хотя оба старших в Дальней Разведке служат, а Винокуровы как куда полетят — бац, и приключения. К тому же приключения часто очень сложные, будто кто-то на нас проверяет Человечество. Может ли такое быть?

В школу я пока не вернусь — у меня Машка, и ей очень непросто. Кроме того, Лика разродилась недавно, ей тоже помощь нужна, ну и внуки, конечно. Так что, чем заняться, нам с Иришкой есть. Мама с папой были практически принудительно проведены через омоложение. Эту технологию принесли Человечеству наши друзья в благодарность. Поэтому у родителей выбора не оставалось — они очень Машке нужны.

Сестренка уже успокаивается потихоньку, но только пока родители рядом. Не приведи звезды без нее куда-то улететь... Несколько месяцев ее жизни сломали сестренку. Тут ничего не поделаешь пока, а факт есть факт... Психологи развели руками, психиатры не рискнули, Аленка только всхлипывает: тело реагирует, не сама Маша, так что тут нужны совсем другие подходы. А сейчас сестренка учится, школа у нее. Поэтому она лежит в капсуле, а я ее отсюда наблюдаю.

— Папа, привет! — раздается с запястья, это Лиля вызывает.

— Привет, доченька, как у тебя дела? — сразу же интересуюсь я.

— Все хорошо, папочка... — отвечает она, сразу же заулыбавшись.

Года идут, а малышки мои все равно знают, что папа у них есть в любой момент времени. И днем, и ночью, все в точности, как я ей когда-то сказал. И вот сейчас доченька звонит, чтобы рассказать папе, что она может пропасть со связи — экспедиция у них куда-то в сторону Праматери. Археологи медиков с собой берут обязательно, а она у меня еще и интуит...

Припоминая ее историю, понимаю, что выбор профессии для нее был предопределен. Вот и летит наша Лиля с мужем с археологами. Очень им интересен тот район, где уже и не живет никто. К Праматери лет пять назад летал кто-то из военных, обнаружив планету. До сих пор фонит — ядерные отходы частично сдетонировали, уж не знаю, как у них это получилось, так что туда сначала мобильный ассенизатор загнали. Жизни на Праматери нет никакой — все вымерли, даже насекомые. А как только «чистильщик» закончил, планету открыли для археологов. Той «Солнечной системы», что в учебниках изображена и которую Витька видел, ее нет уже. Люди сумели уничтожить очень многое, включая Меркурий и Марс, в честь которого крейсер контактной группы назван. Хорошо, что это прошлое.

Бросив взгляд на часы, отмечаю — Маше еще полчаса, потом кормить надо будет молодой растущий организм. А как поест, то и отдыхать отправится, ей это надо. Несмотря на возраст, устает она у меня лихо, хоть и понятно, отчего — адреналин. Но мы это победим, ибо нет нерешаемых задач. Может, и лучше будет ее малышкой сделать? Надо будет поговорить с сестренкой, а то ведь замкнется на нас, и все. А это так себе идея.

— Папа, ты нужен срочно! — одновременно с вибрацией экстренного вызова буквально выкрикивает Машка, которая доченька. — Просто бросай все, хватай маму, тетю Машу и срочно к госпиталю!

— Что случилось, милая? — интересуюсь я, пока все понявшая Иришка подается к капсуле, чтобы экстренно прервать урок.

— Наши новые друзья, — чуть успокаивается дочка. — Они нам помогли обнаружить капсулы

«Буревестника». Там все в глубоком сне, но... А кто же лучше тебя?

В трудную минуту доченька пошла к папе... Тут мне становится очень не по себе — «Буревестник». Потерянный во Вторую Эпоху корабль, перевозивший детей-сирот. Тогда человечество еще не осознало себя разумным, потому от сирот просто избавились, желая отослать на отдаленную, только-только заселенную планету. Известно, что дети находились в состоянии так называемой «гибернации», то есть глубокого сна, связанного с криогенной заморозкой. И вот теперь они обнаружены. Да, доченька права, кто кроме меня-то?..

— «Панакею» туда, там есть специалисты, — припоминаю я. — И нам что-то очень быстрое. Главное, не будите, пока я не доберусь, договорились?

— Ждем, папочка! — Машка разве что не всхлипывает. Чудо она мое, несмотря на прошедшие годы, была и остается чудом.

А мне надо в темпе собираться, ибо скоростной уже виден за окнами дома. Молодец, доченька, заранее послала, не сомневаясь в папе.


## Ирина

Годы пролетели незаметно. Доченьки мои ясноглазые выросли, сынишки за ними, уже и внуками обеспечили, только Лилька отстает. Ну да не гонит ее никто. Сережа, навек любимый, всегда рядом, и малыши у нас опять появились, как когда-то давно... Счастье мое. Что может быть важнее детей?

Память у меня поначалу двойственной была — с одной стороны, я знала, что первый родитель нас бросил, с другой, что топором зарубили. Так подумать, глупая сказка, не могло такого быть у нас тогда, но откуда-то же я это взяла, вот доктора и разобрались. Опыты, значит, на нас ставили. Хорошо, что это далекое прошлое, как и Отверженные.

И вот сейчас я, подхватив ничего не понимающую Машку на руки, быстро топаю к посланному за нами курьеру. Я историю видела — на «Буревестнике» много детей было. Ненужных тогда детей... Даже подумать страшно о том, что ребенок может быть никому не нужен. Но человечество во Вторую Эпоху еще прозябало в дикости, делая свои первые шаги на пути Разума.

Вот и курьер. Устраиваю Машу поудобнее, рядом падает любимый муж, чтобы малышка могла к нему прикасаться, а затем курьер стартует. Нас очень быстро доставить нужно, потому как капсулы ребята уже наверняка собрали, процесс пробуждения тем самым запустив. У них автоматика, насколько я помню, а дети испугаются, они в той Второй Эпохе от взрослых ничего хорошего не видели.

— Интересно, как они капсулы нашли, — задумчиво произносит муж, и я его понимаю: капсулы могут быть и повреждены.

— А куда мы летим? — интересуется ничего не понявшая Маша.

— Твоя тезка обнаружила детей, — объясняю я ей, немного путаясь в родственных связях. — Дети Второй Эпохи... Выброшенные по сути дикими людьми. Вот мы летим к ним, понимаешь?

— Маша позвала папу, — кивает она. — Правильно же... А я Сережу иногда папой называть хочу, это плохо?

— Это нормально, малышка, — глажу я ее по голове. — Никто на тебя за это не рассердится.

— Тогда ладно... — успокаивается Машенька. — Вот бы стать совсем маленькой, как ваши котята...

Я переглядываюсь с мужем, чуть кивая ему — он поймет. Котята наши с квазиживыми сейчас, они без мамы и папы могут недолго обходиться, поэтому с собой мы их не взяли. Но вот высказанное Машей означает, что ей самой тяжело от своего состояния и это совсем нехорошо.

— Есть такая возможность, Маша, — сообщает ей муж. — Наши друзья могут перестроить твое

Владарг Дельсат

тело, ты станешь трехлетней, утратив часть своей памяти и рефлекторные реакции. Мы думали тебе это предложить, если со школой совсем ничего не выйдет, но сомневались, захочешь ли ты?

— Очень захочу, братик, — всхлипывает она. — И забыть все... Чтобы только мамочка, папочка и ты... и тетя Ира... и... вот.

Я прижимаю к себе решившую поплакать Машеньку. Ей очень тяжело, а память такая, что ребенку ее совсем не надо. Поэтому, раз согласие получено, то нужно будет озаботиться морфированием по возвращении, чтобы Маша могла жить своей детской жизнью, не вспоминая ни Отверженных, ни того, что с ней делали мерзкие существа, по какой-то причине называвшие себя людьми. Сережа, я вижу, того же мнения, он успокаивает сестру, а мы уже и прибываем. Как-то быстро мы...

— Как-то мы быстро, — удивленно сообщаю я мужу.

— Во-первых, недалеко, — объясняет он мне. — Во-вторых, на субсвете в гиперскольжении. Двигатели новые, ну и правила навигации.

Новые двигатели — это очень здорово, как и тот факт, что прибыли мы очень быстро, но теперь надо спешить. Тем временем оживает связь, начинается процедура стыковки к «Марсу», насколько я слышу. А «Марс» — это Машенька, Иришка, и кого еще доченьки любимые с собой прихватили. Чудесные они у нас, и сыночки у нас лучше всех получились, я ими горжусь. И Сережа тоже, я знаю. Он просто волшебный папа, необыкновенный...

Мы встаем из кресел, при этом я помогаю успокоившейся Маше, и споро идем на выход, ибо ждут нас изо всех сил. Прямо у выхода переходной галереи Машка, доченька, стоит, ждет уже. Она и говорить начинает сразу же, как видит нас, значит, происходит что-то совсем необычное, раз она так растерялась.

— Папа, капсулы интактные, насколько мы можем судить, но... — дочка очень растерянно смотрит, и я вижу — не только она. Люди вокруг явно ошеломлены, что же случилось?

— Но? — спокойно интересуется Сережа, обнимая Машку, отчего доченька постепенно успокаивается.

— К ним прикоснуться нельзя, — вздыхает она. — Мы уже что только не пробовали, а Таня говорит, надо папу звать, вот мы и позвали.

Это «мы» возникло на «Витязе» и осталось с малышками навсегда, хотя у них уже свои малышки есть. Но для меня и Сережи они навсегда наши малышки, и время этого не изменит. Вот только новость о том, что прикоснуться к спасательным капсулам нельзя, наводит меня на какую-то мысль.

Владарг Дельсат

— Показывай, — мягко улыбается муж, а я вижу в глазах дочек то самое выражение: абсолютной веры в папу. Если он не решит, значит, никто не решит.

Маша ведет нас всех в... Судя по направлению, в сторону трюма. Если прикоснуться нельзя, значит, точно трюм — никуда же больше не оттранспортируешь. Пока идем, я расспрашиваю дочь на самую важную тему — кто возьмет детей, готовясь услышать вполне ожидаемое:

— Так мы и возьмем, а то передерутся все, — хихикает Машка. — Но чтобы взять, надо хотя бы разбудить.

И тут я вижу, в чем проблема — рядком висящие в воздухе древние капсулы полупрозрачны. И они сами, и их содержимое будто призрачно, нереально. Сережа резко останавливается и задумывается, а я веду Машу младшую прямо к этим усыпальницам. Я точно знаю, что Маша сумеет их вернуть из безвременья. Природа этой уверенности меня не интересует, ведь я интуит, а у нас многое может быть без объяснений. Кстати, людей с дарами все больше становится с каждым годом. Наверное, это что-то значит.

— Посмотри, Машенька, — обращаюсь я к ребенку. — Ты можешь их настоящими сделать?

— Они во времени почти ушли... — негромко произносит Маша. — Не знаю...

Она движется очень медленно, явно сама не понимая, что делает, при этом ласково гладит капсулы, под ее рукой обретающие объем и утрачивающие свою прозрачность. А Маша разговаривает с капсулами как-то очень ласково, лишь затем обернувшись ко мне.

— Они очень испугались, мама Ира, — медленно произносит она. — Поэтому почти ушли... Я их просто обратно зову, потому что их больше не будут мучить и опыты ставить.

— Это не «Буревестник», — констатирует Сережа. — Это...

— «Таркан», — понимает старшая моя доченька.

Одна из очень страшных страниц истории дикого Человечества — опыты над детьми с дарами. Это то ли в Первую, то ли во Вторую эпоху было: Отверженные детей разных рас крали и пытались выяснить, как появляются дары, ведь у них своих не было. Кстати, это интересно, почему? Но вот сейчас, похоже, у нас много разговоров впереди, и еще больше дел — детей с полсотни, так что пока поделят, пока в себя приведут... Как там в древности говорили: покой нам только снится?

Владарг Дельсат

# Эпилог

## Лиля

Вот это бомба, как говорили в древности, впрочем, по порядку. Попрощавшись с мамой и папой, я уже спокойно отправляюсь на наш «Каогу». Название выдает полное отсутствие фантазии, что немного даже обидно, но судно у нас гражданское, особо выбирать не приходится. У меня с моим Ли медовый месяц, поэтому и детей пока нет. Папа смеялся, наверное: Ли и Лиля, но у нас просто так получилось. Никак я себе никого по сердцу найти не могла, пока неожиданно моего археолога не встретила. Теперь летим на Прародину — раскапывать останки человеческой глупости.

Так вот, о бомбе. Машка нашла где-то детей

Второй Эпохи. Она поначалу думала, что это сироты, отправленные с глаз долой, но затем выяснилось, что перед ней... Как у Насти было, только у нее лагерь, а тут мало того, что были отлично осведомлены о том, что дети одаренные, так еще и опыты на них ставили. С полсотни детей с разными дарами, больше всего эмпатов, то есть девочек, но все мальчики — творцы, наши новые друзья подтверждают. Именно поэтому их надо учить, ибо запуганные они все. Не зря Машка сразу папу дернула, он точно поможет.

— Принимаю общий сигнал «Внимание всем», — сообщает мне «Каогу». У него разум третьего класса, но еще себя не осознавший, поэтому говорит коротко и только по делу.

— На экран, — слышу я голос Ли, шагнув в разбежавшиеся передо мной двери рубки.

— Вниманию Разумных! — взволнованный Машкин голос вызывает смутную тревогу. — Установлено, что обнаруженные дети были не одни. Второй корабль называется «Гнев богов», на нем от десяти до сорока детей, на которых ставили наиболее жестокие эксперименты, в результате чего многие лишены подвижности. Дети находятся в состоянии криогенного сна, но ресурс...

Все, по-моему, понимают, что она хочет сказать — ресурс корабля за столько лет истощился.

Может начаться самопроизвольное пробуждение, а пищи там нет, как и воды, сами же дети, по мнению Машки, вряд ли могут двигаться, значит, надо их искать. Теперь все разумные ищут не только маленькую девочку Катю, но и корабль, на который складировали детей с неизвестно какими дарами.

— Маша, а разве Отверженные таких не уничтожали? — интересуюсь я у сестренки, включившись в связь.

— Детям помогла серость Отверженных, — криво усмехается сестренка. — Они считали, что убийство одаренных как-то ударит по ним самим. Повезло малышам.

Это точно... Если вспомнить даже наше прошлое, не думая о Насте и ее девочках, то детям очень сильно повезло — не убили. Видимо, собирались уморить как-то иначе. Тогда есть шанс, что они живы до сих пор. Хотя криосон никому хорошо не делает, технология древняя, как Космофлот.

— Значит, будут искать все, — вздыхаю я, обнимая мужа. — А мы летим на Праматерь.

— Зная везение Винокуровых, — хмыкает Машка, с улыбкой на меня глядя. — Внимательно смотри по сторонам, и зови, если что.

— То есть ты чувствуешь? — сразу же настораживаюсь я.

— Ну я же не возвратница, — вздыхает сестренка. — Так что просто ощущение.

Тут она права, что-то в отношении себя или семьи умеют чувствовать только такие интуиты, как наши мальчики — возвратные, а я в отношении семьи бессильна, иначе вряд ли тетю Машу украсть сумели бы, бабушка очень сильный интуит. Так что остается только надеяться на то, что нас не заденет. Все-таки приключения лучше оставить мальчикам, а нам просто заняться своим делом. И вот тут оживает мой дар.

— Каогу, связь с Надеждой Винокуровой младшей, — прошу я разум корабля, остановив готового подать команду к расстыковке Ли.

— Связь установлена, говорите, — отвечает мне «Каогу». Надо будет его об уровне осознания спросить потом, а то будет нам сюрприз. Все-таки, только осознавший себя разум звездолета — это ребенок, а ребенку много чего надо.

— Наденька, тетя Лиля беспокоит, — обращаюсь я к ней, вспоминая, какой она была первые месяцы. Испуганный ребенок, свято веривший своим маме и папе. Как и мы в свое время, впрочем.

— Ой, здра-а-авствуй! — радуется она мне, улыбаясь так счастливо, как будто мы месяц не виделись.

— Ты вчера говорила, что у сына твоего каникулы, — напоминаю я ей. — А он не хочет с археологами на Прародине побывать? Ты спроси у него, — прошу я.

Отчего-то мне важно взять с собой Сережу, названного в честь деда, ну, нашего папы, выходит, что никого не удивляет, потому что почти у всех нас в семье есть и Сережа, и Ириша — в честь самых важных наших людей. И похож чем-то сын Наденьки на нашего папу, только не теперешнего, а того, каким он был, когда только взял меня в первый раз на руки. Наверное, поэтому чувствую я, что надо его взять, тем более, что обязательный цикл обучения им закончен.

— Ой, какая хорошая мысль! — радуется Надя. — Тогда у него практика получится, правильно?

— Правильно, — улыбаюсь я.

Ну, разумеется, она все правильно поняла, а вот муж на меня смотрит внимательно, чему-то улыбаясь и лишь потом кивнув. Все он понимает, и что удивительно — правильно понимает, что не может не радовать. Именно поэтому Ли у меня просто спокойно кивает, а мы ждем мальчишку. Только-только средний цикл школы закончил, и по правилам ему положена практика. Вот и будет ему тихая и спокойная практика, о которой можно очень долго рассказывать, потому что Прародина же. После ассенизатора пустынная, тихая и совершенно безопасная.

— Ждем ребенка и летим уже, — улыбается Ли.

Мы вдвоем летим, ну и квазиживые тоже с нами, как же иначе. Должны были еще ребята полететь, но что-то в последний момент у них то ли сломалось, то ли отменилось, а мы откладывать не стали — давно ж хотели. Поэтому никто нас никуда не гонит.

Квазиживых у нас на корабле четверо, сам звездолет рассчитан на десять разумных, больше археологу просто не надо. А вот без квазиживых летать просто запрещено, это папа с запретами подсуропил, как в Темных Веках говорили — ввел обязательное присутствие квазиживых на борту, ибо мало ли что. Медотсек у нас тоже есть, хоть и небольшой и без самостоятельного разума, просто автоматы, как у папы на эвакуаторе были. Но вылечил же он нас всех, и даже меня, хотя я мертвенькая на судно попала, так что можно не опасаться, хотя...

— Ли, пока ждем, — обращаюсь я к мужу. — Прикажи-ка на борт доставить детский аварийный комплект средний.

— Понял, — он даже вопросов никаких не задает, просто кивает.

Средний комплект — это на полсотни разумных,

Владарг Дельсат

а они бывают разные. В комплекте есть все, что необходимо в случае какой-либо экстренной ситуации. И хотя она у нас не предвидится... кажется... но что-то внутри меня просто заставляет взять аварийные комплекты. Дар, что ли? Но я же не возвратница...

## Сергей

Интересно, если я в учителя пойду, меня с дедом в документах путать будут? Хотя всем же квазиразум занимается, так что вряд ли. На деле-то он прадед, но это несущественные детали, как он говорит. У нас принято и прадеда, и прапрадеда просто дедом называть. Ну и с бабушками та же петрушка получается. Мне восемнадцать стукнуло вчера, из «внуков», как нас называет дед, я самый старший, и зовут меня так же, как и его. Он действительно великий человек, не потому что папу родил, точнее, не только поэтому. Он учитель просто волшебный, ну и в семье о нем легенды рассказывают, потому что есть о чем рассказать, конечно.

Я, как папа, возвратный интуит, поэтому приключение начал чувствовать за неделю, наверное. Есть у меня ощущение, что приключение будет не самым простым, хотя у нас всех они простыми не бывают. Новые Друзья рассказали родителям, что

Винокуровы для кого-то там представляют все Человечество, отчего у нас приключения такие, что дух захватывает, хотя тетя Лиля без них обошлась бы. Но я все равно чувствую что-то надвигающееся, даже не могу точно сказать, хорошее или плохое.

Стоит мне только подняться на борт, как дядя Ли дает команду на старт. Заметить, впрочем, характерные контейнеры с аварийными наборами я успеваю. Любопытно, конечно, как же иначе? Но свое любопытство я пока прикручиваю и, чтобы не мешать взрослым, отправляюсь в свою каюту. Так как я не экипаж, то каюта у меня...

— Каогу! — обращаюсь я к разуму корабля. — Каков мой статус, и в какую каюту мне идти?

— Археолог-стажер Винокуров Сергей Викторович, — сообщает мне «Каогу», демонстрируя тем самым, что полностью он себя не осознает пока. — Каюта научного персонала номер три.

— Благодарю, — киваю я, отправляясь, куда сказано.

Надо же, научный персонал... То есть я член научной группы, да еще и со званием стажера, что предполагает определенную самостоятельность. Любопытно-то как... Или тетя Лиля что-то чувствует, или ей просто лень думать было, причем второе вероятнее. Зна-а-ачит... Ничего это не значит.

Владарг Дельсат

Проходя обычным зеленым коридором, останавливаюсь у приветливо раскрывшей дверь каюты. Заглянув внутрь, вижу койку типа капсулы, то есть она может быть средством индивидуального спасения, чего не пожелаешь и врагу, стол, стулья, экран, санузел, и все. Ну больше-то ничего и не нужно на самом деле — я существо непритязательное, и хоть совершеннолетний, но от ребенка отличаюсь пока мало, как мне кажется.

А вот интересно, если бы мне выпало то, что деду, я справился бы? Что прадеду, что деду, кстати, ведь он маму спас из очень страшного места. Отчего-то мне кажется, что справился бы, но проверять не хочется. Хотя и деды очень хорошо показали нам всем, что такое папа. Ну и мой, конечно, тоже, ведь мы разумные существа, а для разумных существ нет ничего важнее детей. Так что, если вдруг, наверное, справлюсь. Я уже взрослый, поэтому моя обязанность защищать детей любой ценой, если подобная необходимость наступит. Как-то так я Критерий понимаю.

— Сережа, ты там как? — звучит в трансляции корабля голос беспокоящейся тети.

— Все хорошо, тетя Лиля, — улыбаюсь я, как будто она меня увидеть сейчас может. Но корабельная трансляция — не коммуникатор, так что только голос.

— Очень хорошо, — отвечает она мне. — Через час обед, где кают-компания, в курсе?

— В курсе, — вздыхаю я. — Типовой же корабль.

Хихикнув, она отключается, а я понимаю, что сказал, ибо я себя выдал — типовой-то он типовой, но для экспедиций типа нашей. Значит, круг моих интересов тетя Лиля уже представляет, ну да нет в этом большой тайны, так что я и не беспокоюсь. Взглянув на коммуникатор, замечаю, что она права — время приближается к обеду, а организм у меня еще молодой и растущий, поэтому привык питаться вовремя.

А пока я выкладываю из сумки наладонник, раскладываю свои вещи по ящикам шкафа, а затем, немного подумав, переодеваюсь в корабельный комбинезон. Береженого Звезды берегут, как мама говорит, а комбинезон — он еще и скафандр, если надо будет. Да и инструкции кровью писаны, так что нарушать их не надо. Правда, белья комбинезон не предполагает, отчего несколько мгновений я себя чувствую не сильно комфортно, но привыкаю.

Пойду-ка я в кают-компанию, посмотрю, какого типа синтезатор стоит. Хотя зная тетю Лилю... Ее дед мертвую с планеты эвакуировал, но ревитализатор справился. То, что для нас рутина, для нее оказалось великим чудом. На самом деле, очень

Владарг Дельсат

много в нашей семье тех, кто изучал основной принцип Человечества на себе — чужих детей не бывает. И счастливо живем, потому что так дед сказал.

Теперь надо направо повернуть, три ступеньки, и вот уже кают-компания, явно с любовью обставленная. На самом деле, я давно уже запутался, кому сколько лет у нас в нашей огромной семье Винокуровых, но это, по-моему, не проблема совсем. Интересно, мы в субпространстве еще?

— Каогу, — интересуюсь я. — Мы еще в субпространстве?

— Выход через десять секунд, — сообщает он мне. То есть, фактически нет уже.

Скорей всего это технический выход, для ориентации, потому что навигация к Праматери в лоции не прописана. Незачем туда летать, она, во-первых, далеко, а, во-вторых, мало кому интересна. Ну, кроме археологов, конечно. Интересно же, как дикие люди жили! Мамины рассказы — это одно, а вот самому потрогать...

— Нештатная ситуация, — констатирует Каогу. — Экипажу оставаться на своих местах.

Опаньки, это еще что такое? Откуда нештатная ситуация в насквозь изученном Пространстве? Неужели... Да нет, не может быть!

Я прислушиваюсь к своим ощущениям, когда

внезапно оживает мой дар, буквально подталкивая меня в сторону рубки. И я бегу, конечно, ибо игнорировать дар — идея очень плохая, а пользоваться им меня учили даже очень хорошо. Вот поэтому я, не в силах сопротивляться, добегаю до дверей рубки, вваливаясь внутрь. Не замечаю ни тетю Лилю, ни дядю Ли, смотрю на главный экран. На нем вращается какое-то небольшое тело, явно искусственного происхождения.

И вот как раз в этот самый момент я понимаю — именно в этот самый миг и начинается новая история. На этот раз, похоже, моя, потому что дар неумолим, заставляя делать шаг за шагом к навигационной консоли. Но я, конечно же, справлюсь, потому что Винокуровы не отступают!

Владарг Дельсат